おてんば辺境伯令嬢は、王太子殿下の妃に
選ばれてしまったようです

レレリラ
ルミナリエの侍女兼護衛。普段は穏やかだが、怒らせると怖い。
ヴィクトール・エディン・リクナスフィール
王太子。歴代王族の中でも特に強いと言われる天才。国家のために尽くす仕事人間で、黒竜と契約している。
ルミナリエ・ラーナ・ベルナフィス
辺境伯令嬢。自領では自ら前線に立ち戦うおてんば令嬢。愛国心があり努力家だが、社交経験が乏しいため社交界では自信がない。
登場人物紹介

エルヴェ・トレーフル・カサルティ
治癒魔術師。お調子者なので、誰に対しても軽口を叩く。
フランシス・アルファン
伯爵令息。笑顔の裏で、色々と画策している。
アゼレア・ベサント
侯爵令嬢。嫌いな相手とは面と向かって口論する、強かな少女。
エドナ・グランベル
伯爵令嬢。穏やかな性格で誰に対しても優しい。

目次

本編　「おてんば辺境伯令嬢は、王太子殿下の妃に選ばれてしまったようです」　6

序章　おてんば辺境伯令嬢は日傘を振るう

ルミナリエ・ラーナ・ベルナフィスは日傘を差しつつ、訓練がてら王宮の庭を散歩していた。

歩くたびに、自慢の銀髪が柔らかくなびいていく。ドレスの裾が風を含み揺れた。

靴音は一定で、所作《しょさ》全てが洗練されていた。

それだけ見れば、淑女と呼ぶにふさわしいとても美しい令嬢だ。

王太子妃候補の一人として、王宮に呼ばれたのも頷ける。

——そのアクアマリンの瞳に闘志が宿っていなければ、誰もが認める淑女であっただろう。

(歩幅は大きく、重心は真ん中。体を引き上げて、少し早足で……進む!)

心の中でそう唱えながら、ルミナリエは歩く。

そう。これは他人から見たら散歩だが、ルミナリエにとっては訓練なのだ。

後宮生活によりたるんだ腹部を、引き締めるための訓練である。

でなければ、庭の花も見ず歩いているわけがない。

ルミナリエはただただ、必死だった。

(だって、こんなにも動けないとは思わなかったんだもの……!)

心の中でぐちぐち言い訳をする。

（でも、お茶会で出される茶菓子は毎回美味《おい》しくてつい手をつけちゃうのよね……）

だが、これ以上太るわけにはいかないのだ。

それでも、お菓子は食べたい。

その両方を天秤にかけた結果、ルミナリエは「歩いて体を引き締める」という選択を取ったわけである。

（魔力を全身に巡らせて、足裏にバランスよく体重がかかるようにする）

ルミナリエは、頭の中で魔力の流れをイメージする。

体に魔力を巡らせることで、体の代謝を上げているのだ。

こうすれば筋肉もつくし、何より痩せやすくなる。

その証拠に、しばらく歩いていると汗をかいてきた。ルミナリエはふう、と息を吐く。

すると背後から、ハンカチーフが差し出された。振り返れば、茶髪をシニョンにした青い瞳の少女がいた。侍女のレレリラだ。

「ルミナリエ様、こちらをどうぞ」

「あら。ありがとう、レレリラ」

レレリラからハンカチーフを受け取り、額を拭う。

だいぶ庭を回ったが、それでもまだ足りない。一呼吸置いたルミナリエは、日傘を握り締める。

「もう一回りしようと思うのだけれど、ついてきてくれる？」

「もちろんにございます」

その言葉を受け、ルミナリエとレレリラは再度庭を歩き始めた。

だが。

歩き始めてから少しして、人気のない場所から声がした。

思わず日傘を閉じ、近くの柱に隠れる。すると、後ろについていた侍女のレレリラが、ぽそりと呟いた。

「別に、隠れる必要はなかったのでは？」

「うっ……ほ、ほら、反射的に体が動いたのよ……」

言い訳をしつつ、ルミナリエは人がいるほうを見る。そこでは二人の男女が、何やら話し込んでいた。

青年のほうは金髪をしており、軍服を着ている。

少女のほうは、栗色の癖毛とエメラルドグリーンの瞳をしていた。着ているドレスは薔薇色で、とても似合っている。整った顔立ちをした愛らしい少女だ。

青年は知らないが、少女のほうには見覚えがあった。

（私と同じく、王宮に招集を受けた令嬢だわ）

ルミナリエは怪訝《けげん》な顔をした。

（もしかして……こんなところで逢い引き……？）

初めはそう思ったが、どうやら違うらしい。

「なんでもいいから、帰ってください！」

少女がそう、叫び声を上げたからだ。

「婚約者でもないのにこんなところまで来られても、迷惑です！」

涙声になりながら拒絶する少女を見て、ルミナリエは直感する。

（つまりこの男は……ストーカー。女の敵）

ならば、ルミナリエが取る行動は一つだ。

柱から素早く滑り出たルミナリエは、男の背後に五歩で近づく。

そして持っていた日傘を振り上げ――柄を、青年の頭部に打ち付けた。

倒れ込んだ青年の頭を爪先《つまさき》で蹴り飛ばして気絶させると、ルミナリエは裾を払った。

呆気にとられた少女が、ルミナリエを見つめている。

（あ、これはまずい）

今の自分は、完全に不審者だ。どうにかして安心してもらわなければならない。

取り繕うために、ルミナリエはへらりと笑みを浮かべる。

「ご機嫌よう。……お邪魔してしまいました？」

すると、どういうことだろうか。

少女の瞳から、ぽろぽろと涙が溢れ始めた。

ルミナリエはぎょっとする。

「え、あ、あの……っ？」

「こ、こわか……っ」

「え、あ、」

「あ……あり、ありがとう……助けてくれて、ありがとうございます……っ」

「分かりました、分かりましたから、泣かないでくださいませ……！」

号泣する少女と、慌てるルミナリエ。そして、地面に転がる軍人。実に混沌とした現場だ。

そんな状況でも一人冷静なのは、レレリラである。彼女は「衛兵を呼んできますね」と言い、くるりと踵《きびす》を返した。

（え、えー⁉）

ルミナリエは慌ててレレリラの肩を掴む。

「ちょ、ちょっと待ってレレリラ……！」

「そんなこと言われましても……衛兵、呼びますでしょう？」

「そうだけれど……一人にしないで」

だがレレリラは、実に無慈悲だった。

「ルミナリエ様。王宮へいらした目的を果たす、絶好のチャンスですよ」

そう言い残し、今度こそいなくなってしまう。

ルミナリエは呆然としたまま、後ろを振り返った。

（そんなこと言われても……）

だが、レレリラが言うことも事実だ。ルミナリエは意を決して少女に近づき、その背中を撫でる。

——そう。実を言うと、ルミナリエがここにきた目的は、王太子妃に選ばれるためではない。

彼女がここにきた理由はただ一つ。

『友人を作ること』

ただそれだけだったのだ——

一章　求婚は決闘とともに

リクナスフィール王国。

そこは、魔力資源を豊富に持つ自然豊かな大国だ。

かわりに、豊富な魔力資源を他国から狙われ戦争が頻繁に起こる。また、魔力資源に惹きつけられた魔物が多く出現する国だ。それらを制するために、貴族や軍は独自の魔術文化や戦闘スタイルを築いてきた。

中でも王家は、さらに独特な文化がある。幼い頃から飼い慣らした竜種を従え戦うのだ。現王政が繁栄してきたのも、竜種の存在が大きいと言われている。

そんな王家だからか。婚約者を決める際も、少し変わったイベントをする。

それは年頃の貴族令嬢たちを後宮に呼ぶ、というもの。一ヶ月ほど生活をさせて相性を決めてから、婚約者を決めるのだとか。

今回選ぶのは、十八歳になった王太子の婚約者だ。その風習に則《のっと》り、現在十人もの貴族令嬢が集められ後宮で暮らしている。

ルミナリエも、その一人だった。

――他の令嬢たちのように王太子妃になるためではなく、友人を作るために来ていたが。

後宮生活八日目にして八回目の茶会から帰ってきたルミナリエは、しょぼくれていた。

「うう……レレリラ、今日も話せなかったわ……」

どんよりと落ち込むルミナリエを、レレリラが椅子へと誘導する。

「まあまあ、落ち着いてください。さあ、こちらへ」

「ありがとう……」

「今美味しい紅茶を淹れますから、話はそれからにいたしましょう？」

「ええ……」

レレリラがてきぱきとお茶の用意をするのを尻目に、ルミナリエはため息を漏らす。思わず窓の方を眺めてしまうくらいには、何一つ上手《うま》くいっていなかった。

「ねえ、レレリラ」

「なんでございましょう？」

「私の友人作りが上手くいっていないのは、仕方ないと思うのよ」

「あ、そこは良いのですね」

「だって、私が悪いのだもの。……でもよ？」

「はい」

「肝心の王太子殿下と初日から会えてないのは、どうなの？」

レレリラは困った顔をしつつ、茶葉の入ったポットに湯を注いだ。ふわりと、紅茶の香りが部屋に広がる。

「緊急出動、ということでしたからね……こればかりはどうしようもないかと」

レレリラの言う通り、王太子は現在、港町へ出動している。敵国の船が、王国の領海付近でうろちょろしていたからだそうだ。

つまり王太子が出動したのは、敵国を牽制するためだろう。王家の中で最も魔力保有量が高く、戦闘経験豊富なのも理由の一つだ。

その上、王太子が使役する黒竜は歴代屈指の強さを持つそうだ。今回の役目を果たすのに、一番適任と言って良い。

辺境伯令嬢として国境を守ってきたルミナリエには、その大切さがよく分かる。

だが。

今回ばかりは、タイミングが悪かったという他ない。

「私はいいけど、他の令嬢たちの愚痴がすごいのよ……」

今日の茶会を思い出し、ルミナリエはため息をこぼした。思い出しただけで胃が痛くなる。

「みんなしびれを切らしたのか、場の空気は最悪だったわ……」

「そんなにもですか？」

「ええ。心なしか、みんなやつれていたわ。そのせいで愚痴が弾む弾む」

「それは……ひどいですね」

「本当よ……」

ルミナリエはぐりぐりとこめかみを押し潰す。

「数日は殿下の御身を心配していたのだけれど……だんだんとそれもなくなってね。今日は『王太子妃選びが嫌だから帰ってこないのでは？』とか言ってたわ」

「見当違いもいいところですね……」

「そうなのよ。全く、あんな方たちがどうして王太子妃候補に選ばれたのか……」

気持ちは分からなくもない。だが、国のために働く王太子に対してその態度はどうかと思ってしまった。

「お蔭様で会話についていけず、友人作りも難航中」

「お疲れ様です、ルミナリエ様」

「ありがとう、レレリラ。……本当に疲れているのは、王太子殿下でしょうけど」

「ごもっともです」

レレリラから差し出されたカップを手に取り、ルミナリエは一口含んだ。変わらない味にホッとする。

美味しい紅茶に舌鼓《したつづみ》を打っていると、レレリラが首を傾げた。

「そもそも、一つ疑問に思っていたのですが」

「あら、なぁに、レレリラ」

「どうしてルミナリエ様は、友人作りにそこまでこだわられるのでしょう？」

ぴくりと、ルミナリエの片眉が震える。

「……それは簡単よ。そもそも私、王太子妃に選ばれるなんて思ってないもの」

自分で言っておいて、なんだか悲しくなった。

だが、事実なので仕方がない。

「だってレレリラ。この国の淑女は、殿方の帰りを待ち防衛に徹する女性のことを指すのよ？」

「その通りにございます」

「なのに私、自領で何していた？」

「他の殿方とともに、戦っておりましたね」

「そうよ、そうなのよ……！」

ルミナリエは頭を抱えた。

そう。ルミナリエが、他の令嬢と違う点はただ一つ。

剣を取り攻撃魔術を覚え、他の隊員たちとともに戦っていた点だ。

というのも、これはベルナフィス家が辺境伯だったことが理由である。

「ベルナフィス家は辺境伯ですからね……国境を守るのが役目ですし」

「ええ。他の領地みたいに性別で分けられたらいいけど、そんな贅沢言えないもの」

「人数、少ないですからね……」

「辺境な上に周りは山ばかりだから、移り住んでくる人はおろか観光客も少ないからね」

そうなれば、領主の娘が戦わないわけにはいかない。

その上、ベルナフィス家の血を継いでいるのはルミナリエの母親のほうなのだ。

彼女は昔から戦闘経験豊富で、現在も「閣下」と呼ばれるほど皆に慕われている。

だがそれが理由で、社交界ではとことん馬鹿にされた。

令嬢が戦うなど、あってはならないことだったからだ。

なのだが。

(お母様はそれが気に食わなくて、貴族らしい所作や美容法にも力を入れるようになったのよね)

だからルミナリエの母親は、ドレスを着ていても戦える。

そんな母から手ほどきを受けたルミナリエも、同じように育ったというわけだ。

「でも私、別にそんな自分が嫌いじゃないの。だから王太子妃にはならなくていいわ」

「ルミナリエ様……」

「だけどレレリラ……この歳になって、貴族令嬢の友人が一人もいないのは駄目じゃない？」

レレリラは無言だった。その無言が何よりの肯定であると、ルミナリエは感じた。

(仕方ないじゃない……近くに、貴族令嬢いないいんだから……！)

親戚こそいるが、辺境すぎてほとんど来ないのだ。

その沈黙から逃れるために、ルミナリエは立ち上がる。

「だから私、今回は絶対に友人を作るの！　そう決めて、今ここにいるのよ！」

「別に何もしなくても良いかと思いますが……ルミナリエ様が招集かけられたのは、強制ですし」

「それじゃあ、暇で生きていけないでしょう」

「そうですね。ルミナリエ様ですものね」

(何その投げやりな感じ……)

そう思ったが、レレリラは生まれたときから一緒にいる侍女だ。全てお見通しだろう。

(お小言が多いのも、私に対して容赦ないのも。昔から一緒にいるからだものね……)

ルミナリエは、不満を抱きながらも座り直した。

気持ちを落ち着かせるべく、紅茶を口にする。

すると、レレリラが首を傾げる。

「そういえばルミナリエ様」

「なぁに?」

「先日お助けした、あのご令嬢とはどうなったのですか？　ご友人第一候補だったと思いますが」

パキッ。

カップの水面が凍った。

ルミナリエが使う魔術は氷属性。その魔力が溢れ、紅茶を凍らせたのである。魔力保有量が多い魔術師がよくやる現象だ。

特にルミナリエは、精神が未熟なのかよくやってしまう。

(訓練が足りないわ……精神統一の時間も増やさないと)

心の中で猛烈に反省する。

そう思いながら、ルミナリエはカップをレレリラに差し出した。レレリラも慣れているので、新たなカップに紅茶を注ぎ入れる。氷自体は魔力が切れれば霧散するので、そのまま置いておくのだ。

それを眺めながら、ルミナリエは呟いた。

「……彼女はあれ以来、一度も茶会に出てきてないのよ」

「それはもしや……心労などが理由で？」

「理由は分からないけれど……でもあの後も大変だったから、仕方ないと思うわ」

ルミナリエは、かの令嬢――エドナ・グランベル伯爵令嬢を助けたときのことを思い出していた。

エドナは衛兵が来ても泣きじゃくっており、話ができる状態ではなかった。

しかもルミナリエにしがみついて離れず、しばらくついていたのである。

友人第一号になれるのでは？　と考えていたルミナリエだったが、それどころの状態ではない。

事情聴取をしようにも、エドナは男性衛兵に怯えていた。

その代わりに女性軍人が来ても、ルミナリエから離れようとしなかった。

仕方がないので、ルミナリエはそのまま事情聴取に付き合ったのだ。

「あの捕まった軍人、チェルノ・バルフというらしいのだけれど。そもそも軍人じゃなくて子爵家の息子みたいよ」

「つまりそれは……不法侵入ということですね？」

「そう。しかも軍服まで着てたから、盗難の罪もあるわね」

「そこまでして、エドナ様に会いに来られたのですか」

「みたい。もともとエドナ様にしつこく求婚していたんですって」

「まあ」

「その求婚も強引でね。エドナ様が断っても、何度も屋敷に来ていたんですって」

「それは非常識ですね」

真顔で言い切るレレリラに、ルミナリエは笑う。

「でしょう？　グランベル伯爵はそれに怒って、子爵家に苦情を申し出たそうよ」

ざまぁ見なさい、とルミナリエは内心思う。

（エドナ様があんなにも泣いてたってことは、これまでも相当怖い思いをしてきたはず）

十六歳という、未来のある少女の心に傷を負わせた罪は大きい。同年代の少女が被害者ということで、ルミナリエはかなり腹に据えかねていた。

あの場に立ち会えて、本当に良かったと思う。

でなければ襲われていた、とエドナは言っていた。

そう語るエドナは、泣きながらも笑っていた。

どんなにつらかったろう。怖かったろう。だがエドナは、それを押し殺して笑ったのだ。

（女性にあんな顔させるなんて……あの男、本当に最低よ）

思い出したら胃がムカムカして、心の中で悪態をついてしまう。

ルミナリエは二杯目の紅茶を一気飲みすると、勢い良く立ち上がった。

「レレリラ！　散歩しに行きましょう！」

「承《うけたまわ》りました。日傘をお忘れなきよう」

「もちろん。日焼けは絶対にしたくないもの」

淑女を目指しているルミナリエとして、そこは譲れない。

「ところでルミナリエ様。明日もお茶会が入っていることを、お忘れなく」

「……これからは毎日歩いて、お風呂に入る前にトレーニングをするわ」

お腹の肉がつまめるというあの悲劇は、もう味わいたくない。

訓練をさぼると、人はあんなにも簡単に堕落するのだと身をもって体験した瞬間だった。

ルミナリエはぶるりと身震いした。

同時に、しっかり指摘をしてくれたレレリラに感謝する。やはり最高の侍女である。

もやもやした気持ちを払拭するべく。薔薇のレースが付いた白い日傘を携《たずさ》え、ルミナリエは外へと飛び出したのだった。


空は今日も晴れ渡っていた。

ぽかぽかした春の陽気は、とても心地好い。春風が優しく吹き、ルミナリエの髪をさらった。銀髪がきらきらと光る。

(今日はせっかくだから、庭を観察してみましょう)

先日よりも速度を落とし、ルミナリエは庭の花々に目を向けた。

初春なので、まだ薔薇は花をつけていない。

だがその薔薇の緑の中に、可愛らしい花が咲き乱れていた。

オレンジ色のマリーゴールド、白いマーガレット。赤、白、ピンク、黄と、色とりどりのカーネーションも咲いている。

どの花も生き生きとしていて、庭師の腕が良いことを教えてくれた。

「綺麗な庭ね、レレリラ」

「左様にございますね、ルミナリエ様」

ルミナリエは日傘をくるくる回しながら、庭を楽しんだ。

だがぐるりと回り、少しだけ寂しくなる。

「……やっぱりプリュテの花がないと、なんだか春が来たという感じがしないわ」

「そうですね」

レレリラも同意してくれる。

プリュテ。それは、ベルナフィス領にだけ咲く春の花だ。

春がくると同時に白く雪のような六弁の花びらを開き、時が経つにつれて透明になっていく。そして春が終わると、ふわりと羽根のように舞い上がるのだ。

それは決まって、夏の風が吹く頃だった。

そのときのプリュテは淡く発光し、上へ上へと舞い上がる。その光景が、ルミナリエは好きだ。

(今年は雪解けと一緒に領地を出たから、プリュテを見てないのよね……)

そのことを思い出し、故郷が無性に恋しくなる。

みんなはどうしているだろう。

魔物を退治しているだろうか。

誰か怪我をしていないだろうか。

そんなことがつらつらと溢れ出し、心が曇っていく。

（……いけない。ここは外なんだから、ちゃんとしないと）

ルミナリエはきゅっと唇を嚙み、また歩き始めた。今度は少し奥のほうに行ってみる。

すると、名前の分からない花が咲いていることに気づいた。

「……薔薇？」

近づいてよくよく観察してみる。

花びらが幾重にも重なった、美しい花だ。ピンクや赤、白、オレンジ、黄色……色々ある。薔薇に似ていると思ったが、薔薇特有の棘《とげ》も蔓《つる》もなかった。

「ねえ、レレリラ。これ、なんて花かしら？」

「ラナンキュラスという花だったかと存じます」

「へえ、可愛い……薔薇みたいね」

「そうですね。特にこの種類は、似ておりますね」

「可愛いから、部屋に飾りたいわ……」

「後宮を管理している方に、聞いてみます」

「ありがとう、レレリラ。助かるわ」

そう言い、笑ったときだ。

かつん。

どこからともなく、高い高い靴の音がした。

思わずかぶりを振れば、渡り廊下の奥から音がする。聞き覚えのある靴音に、ルミナリエの背筋が自然と伸びた。

（これは……軍靴《ぐんか》の音）

故郷では聞き慣れた音だ。だが、後宮でその音を聞くことになるとは。

しかし通り過ぎると思っていたその音が、どんどん近づいてくる。そして渡り廊下を伝って、庭に誰かが入ってきた。その姿を見て、ルミナリエは目を見開く。

アンバーとガーネットの、オッドアイ。

色違いの瞳が、ルミナリエのことを見つめていた。

一瞬その瞳に目を奪われていたルミナリエは、ハッと我に返る。そして慌ててドレスの裾を持ち、跪礼《きれい》した。レレリラも彼女に従う。

すると、彼は言う。

「顔を上げてくれ」

「……はい」

ルミナリエは恐る恐る、体勢を戻した。

ルミナリエよりも頭一つ分高い青年が、じいっとルミナリエを見つめている。

黒髪は整えられており、さらさらしている。肌は健康的な色で、顔はとても整っていた。身にまとっているのは黒の軍服で、服の上から見ても分かる筋肉質な体が美しかった。

ルミナリエ自身も体を鍛えているからこそ、分かる。彼の体には、無駄なものがない。

しかも彼の瞳は、オッドアイだった。それを見れば、彼が誰かなどすぐ理解できた。

ヴィクトール・エディン・リクナスフィール。この国の王太子だ。

瞳の色で使える魔術属性が決まるこの国で、オッドアイの人間はとても希少価値が高い。しかし王族は、必ずオッドアイを持って生まれるのだ。だからこそ、今まで国のトップにいられたと言っても過言ではない。

その中でもヴィクトールは、火属性と光属性の魔術が使える。光属性を使える人間は特に稀少だ。光属性が使えることも、ヴィクトールが持ち上げられる理由の一つだろう。

(帰っていらしていたのね……いや、そもそもなんでここにいるの……!)

ダラダラと、ルミナリエの背中を嫌な汗が伝っていく。ヴィクトールの話は、ベルナフィス領にさえ響いていたからだ。

歴代の王族の中でも最も強い竜と契約し、莫大な魔力と数多《あまた》の魔術を繰る天才。それが、国民が抱くヴィクトールに対しての認識だ。

ヴィクトールは、今まで一度も負けたことがないと言われている。芸術的なまでに美しく鋭い剣技は、戦場にいる者を魅了するとか。

同性の友人すらいないルミナリエが、異性と話せるだろうか。しかも、一軍人として尊敬すべき相手だ。となればどうなる?

そんなの決まっている。無理だ。

（あああ、もうなんでもいいから、部屋に帰りたい……！）

と言うより、庭に出るたびに色々なことが起こりすぎてはいないだろうか。ルミナリエにとって庭は、避けたほうがいい場所なのかもしれない。

（庭に出るのやめようかしら……いや、でも外で歩かないと痩せないし……）

トラブル回避と美容を、頭の中で天秤にかけていると。

「ベルナフィス嬢」

「は、はい⁉」

名前を呼ばれて、飛び上がった。

見れば、目の前にヴィクトールがいる。

彼は、その端整な顔でルミナリエを見つめていた。

「ベルナフィス嬢。少し話をしてもいいか？」

「は、はい……王太子殿下。ご随意に」

笑みをなんとか貼り付けて応対する。

するとヴィクトールは、少し困った顔をした。

「……ベルナフィス嬢は、この庭を気に入っているのか？」

「え？　は、はい。大変美しい庭で……ここにおりますと、心が落ち着きます」

「そうか……」

（……これって一体どういう状況なの？）

ヴィクトールがなんのためにルミナリエに話しかけたのか分からず、思わず戸惑った。

（もっと色々な人と話せるようになっていたら、気の利《き》いたこと言えたのかしら……）

会話が弾まず、ルミナリエの冷や汗が止まらない。

そしてそれはどうやらヴィクトールも同じだったようで、少し逡巡《しゅんじゅん》した後、口を開いた。

「……実を言うと、今回あなたに話しかけたのは、理由があるのだ」

「……はい」

「ベルナフィス嬢」

緊張しているからか、ヴィクトールの口の動きが妙にゆっくり見える。

（何、何を言われるの……）

ごくりと、ルミナリエが喉を鳴らしたとき――


「――わたしと、一戦交えてくれないか？」


そう、言われたのだ。

（…………はい？）

一瞬、自分の耳がおかしくなったのかと思った。

だがヴィクトールの真剣な眼差しが、嘘でないことを証明している。

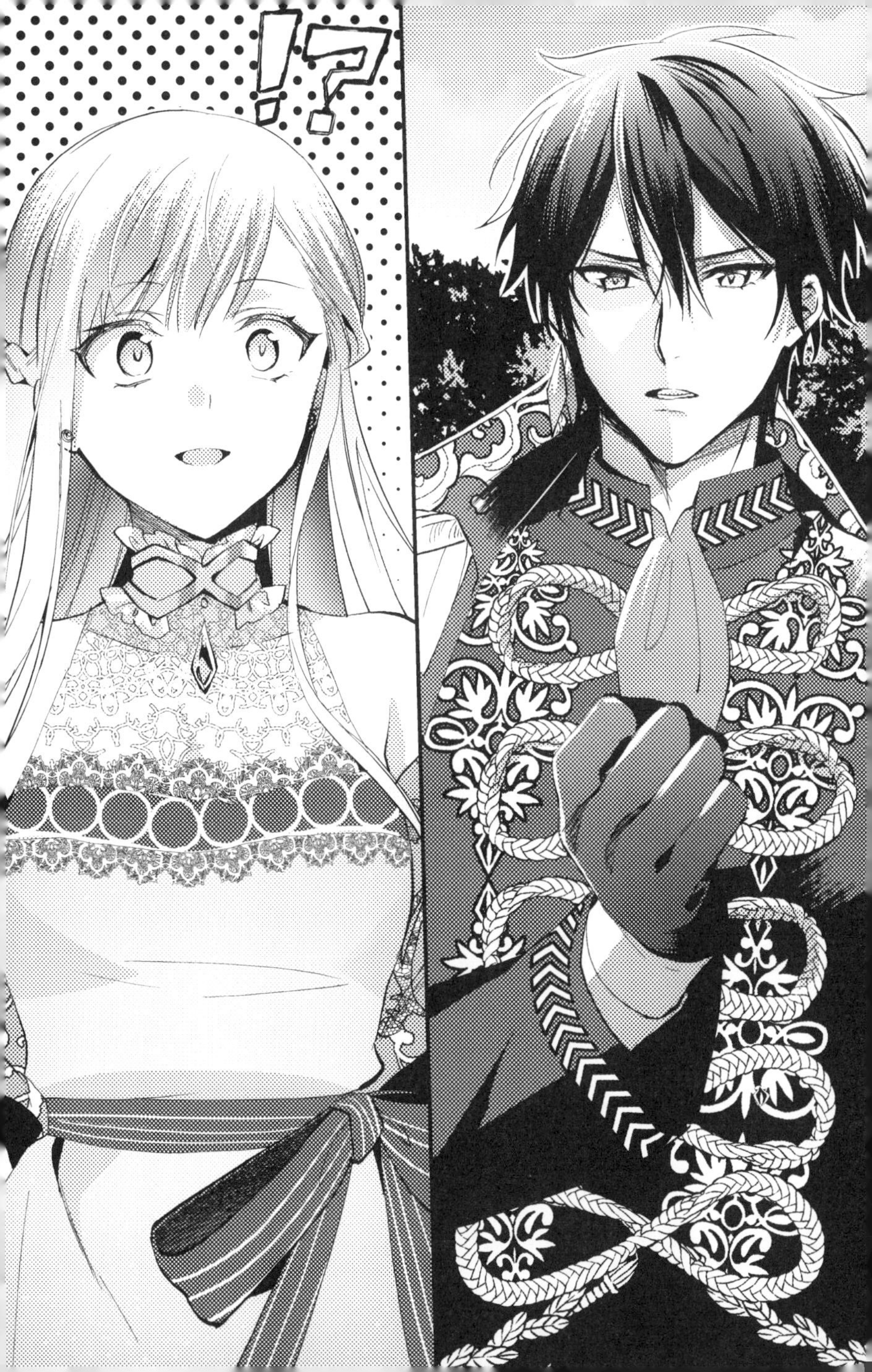

（つまりこれは現実……いや、現実なのはいいけど、間の部分がすっぽ抜けてるわよね⁉）

一体どういう思考を経て、決闘という考えに至ったのだろう。

ルミナリエは必死になって、頭の中に散らばる言葉を掻き集めた。

「ええッと、殿下。いかようにして、そのようなことを……？」

するとヴィクトールは、首を傾げた。

「先日、あなたはグランベル嬢を助けたと聞いた」

「確かに助けましたが……私は、持っていた日傘を振り下ろしただけですわ」

そろりと目を逸らしながら、ルミナリエは言う。

（なんでその情報が、帰還したばかりの殿下の耳に……）

たらりと、汗が出る。

だが衛兵が駆けつけたときもそう言ったし、間違ったことは言っていない。

うっかり間違って戦えることが社交界で知られれば、ルミナリエの未来は真っ暗だ。

母のように器量が良いわけではない彼女にとって、それは死と言ってもいい。

（だから、そこだけは全力で回避しなければ……！）

「打ちどころが良かったお蔭で、相手が気絶してくれたのです」

「打ちどころが良かったお蔭、か……」

しかしヴィクトールは、ルミナリエの言葉を疑っている様子だった。

（ま、まずいわ……何か言わないと！）

「そ、そうです。ですから、戦うなんてとてもできませんわ」

「なるほど。……確かにあなたの腕はとても細いな」

細い。

本来なら、話を上手く逸らせたことを喜ぶべきなのだろう。

だが、何故だろうか。細いという単語が、ざらりと胸を撫でた。

(落ち着きなさい、私。何をそんなに、ムキになってるのよ……)

必死になって自分を制するルミナリエを尻目に、ヴィクトールはなおも続ける。

「肌も白いし、髪も艶《つや》やかで美しい」

(……な、に。この感情は……何？)

どろりと、胸の中に何かが溜まる。

「触れたら、溶けてしまいそうだ」

(……やめて)

それは、ヴィクトールが言葉を紡ぐたびに大きく膨れていった。

ルミナリエは日傘を握り締めて、それを耐える。

だが続く言葉を聞き、それは泡のように弾けた。

「花に囲まれていると——まるで妖精のようだな」

妖精。

その単語が胸に広がった瞬間、ルミナリエの中で何かが弾けた。

――パキンッ。

ルミナリエの周りが、凍る。

ルミナリエを中心として広がった氷は、花びらのようで。

だが、その先端は針のように鋭く尖っていた。

ルミナリエは鋭い瞳をヴィクトールに向ける。

「殿下。残念ですけれど私、そのような令嬢ではありませんの」

「……そのようだな」

「はい。ですので」

ルミナリエは冷ややかな目を向けたまま、うっすらと微笑む。

「殿下のお誘い、お受けいたしますわ」

にやりと、ヴィクトールが笑った。

「それならば良かった。では明日の昼前に一戦交えよう」

二人の視線が交わる。

春先とは思えないほど冷たい風が、庭を駆け抜けていった。

*

その後、部屋に戻ったルミナリエはというと。

ドレス姿のまま、部屋の真ん中で正座をしていた。

ルミナリエの真ん前には、仁王立ちしたレレリラがいる。腕を組み見下ろす姿は、どっちが主人なのか分からなくなるくらい威圧的だった。

レレリラは無表情だ。そして、感情がこもらない声で問いかけてくる。

「ルミナリエ様。わたしが言いたいことは分かりますね？」

「うっ……は、はい……」

レレリラが、すうっと息を吸い込む。

「上手くいっていたのに、どうして自分から戦えるということをばらすのですか！」

そして、正論を言い放った。

ざくざくっ。

レレリラの言葉が、ルミナリエの心を槍の雨のように刺していく。

（レレリラの言うとおりだわ……どうしてあんなにも頭に血がのぼってしまったのかしら……）

あのときはとにかく、ヴィクトールの言葉全てが心をざわつかせたのだ。

今も、思い出すだけで胸の奥から何かが込み上げてくる。

「だ、だって……あんな風に言われるの、嫌だったんだもの……」

ルミナリエは思わず、そう言い訳していた。

腕組みをしたまま、レレリラが片眉を釣り上げる。

「あんな風に、とは？」

「殿下のあの言い方……私が努力してないって言ってるみたいだったから」

「どの辺りがでしょう」

「全部。とにかく全部よ。白いとか、妖精みたいとか……」

そうだ。全部だ。

レレリラに告げたことで、ルミナリエの頭の中が整理されていく。

結果、一つの答えに辿り着いた。

（そっか。私がこんなにも嫌な気持ちになったのって……）

今のルミナリエを否定されたと。

そう感じてしまったからだ。

ルミナリエはキッとレレリラを見上げた。

「だってよ、レレリラ！　私、たくさん頑張ったもの！」

「……ルミナリエ様」

「剣の腕を磨きながら、筋肉がつきすぎて男らしく見えないような体作りをしたわ」

ルミナリエが目指したのは、女性らしい美しさと男顔負けの力を合わせたしなやかな体だ。

だから、女性らしさを損なわないギリギリのラインを見極めて筋肉をつけた。

「今だって毎日香油を塗ってるし、化粧品をたくさん使ってる」

風呂から上がった後は顔に薔薇水を付け、全身に香油を塗るのだ。

肌が日に焼けたときは、炎症を抑える薬草を塗っているし。

出かける際には、手袋と日傘は必須である。

「食事だって気をつけてるもの。強くなる努力も、綺麗になる努力もしてるもの！」

「それは、わたしが一番よく分かっております、ルミナリエ様」

レレリラが困った顔をする。

（なら、私の気持ち分かるでしょっ！）

涙目になりながらふてくされていると、レレリラがため息を吐いた。

「ルミナリエ様」

「……はい」

「ルミナリエ様のお気持ちは、よく分かります。ですが」

「……何よ」

「一番いけないのは、ルミナリエ様が上手い具合に殿下の誘導に乗ってしまったところです」

「……誘導？」

ルミナリエは首を傾げた。

（誘導なんて、あった？）

真面目な顔をして考え込んでいたら、レレリラが復唱してくれた。

「『なるほど。……確かにあなたの腕はとても細いな』」

（うんうん、そう言ってたわ）

「『肌も白いし、髪も艶やかで美しい』」

（そうそう、そう、とも……）

「『触れたら、溶けてしまいそうだ』」

（………あ、ら……？）

たらりと、ルミナリエの背中に嫌な汗が伝う。

そんな彼女に追い打ちをかけるように、レレリラは言い放った。

「『花に囲まれていると――まるで妖精のようだな』」

ルミナリエは、顔を両手で覆い俯いた。が、耳まで真っ赤だ。肩も小刻みに震えている。

そう。ルミナリエは現在、ヴィクトールの言葉をそのまま受け取り悶えているのである。

（え、待って？　え？　……えっ？）

混乱しているルミナリエに代わり、レレリラが客観的思考を告げる。

「この通り、殿下は純粋にルミナリエ様の見目を褒めただけです」

「……その通りです……ね……」

「はい」

レレリラは肩をすくめた。

「ですが殿下はその前に、ルミナリエ様に探りを入れておりました」

「……そうだったわね……」

「その探りにより、ルミナリエ様は邪推してしまったわけです」

「面目次第もございません……」

「いいえ、ご理解いただけたなら何よりです」

それを機に説教は終わったらしく、レレリラはルミナリエを椅子に座るよう促した。

席に着いたルミナリエは、痺れた足を撫でる。

（うう、いろんな意味でいろんな場所が痛いわ……）

一人頭を抱えるルミナリエ。

そんな彼女を尻目に、レレリラはいつも通りお茶を淹れていた。

「ですが今回は、殿下のほうが上手だったのだと思います」

「……確かに、そうよね。普通の令嬢なら、求婚と勘違いすると思うし」

「はい。殿下は女性に気安く、甘い言葉をかける方ではありません。社交界でも基本、無表情無言を貫いているそうですよ」

「つまり……殿下の作戦だったわけね」

その策にホイホイと乗ってしまった自分が恥ずかしい。ルミナリエは自分の行動を恥じる。

しかしそれよりも怖いのは、婚約者が見つからなくなること。

さらに詳しく言うならば、その失態を母親に知られることだ。

地獄のような特訓の数々を思い出し、ルミナリエはぶるりと身を震わせる。

「……ねえ、レレリラ」

「はい」

「このことをお母様が知ったら……怒るわよね」

「怒ると思います」

「そうよねえ⁉」

「今から、反省文の文面を考えておくことをお勧めしておきます」

「レレリラひどい」

完全に他人事《ひとごと》だと思っていた。いや、実際他人事なのだが。

しかし泣こうが喚こうが、明日はやってくる。

気持ちをしっかりと切り替えたルミナリエは、明日のためにコンディションを整えたのだった。

＊

翌日の昼前。

ルミナリエとレレリラは女官に案内され、王宮へと足を踏み入れていた。

案内されたのは、王宮内の軍用訓練所だ。

着替えを終えて訓練所に入れば、三人の青年が待ち受けていた。

一人目はヴィクトール。

二人目は、ミルクティー色の髪と飴色の瞳をした青年。黒の軍服を着ている。

そして三人目は、ミントグリーンの髪に翡翠《ひすい》色の瞳をした青年だ。こちらも軍服を着ていたが、その上から白衣を身にまとっていた。

二人のいでたちを見ても分かる通り、どちらも軍人である。ヴィクトールの側近だろうか。どうやら、彼らが今回の決闘の立会人のようだ。

(三人目の彼は、格好と瞳の色から予想するに王宮治癒魔術師ね)

緑色というのは、風属性魔術師の色でもあり治癒魔術師の色でもあった。なので、彼らは皆緑色の目をしている。

だが、髪まで緑色の人物は初めて見た。

物珍しくてつい見てしまったが、今は正直それどころではない。

借りた訓練用の剣の検分をしつつ、ルミナリエは思う。

(あのとき、素直に黙っていたら良かったのに……)

過去の自分に会えるなら、今すぐにでも殴り飛ばしに行きたいところだ。

しかしヴィクトールの方はストレッチを終え既に臨戦態勢に入っており、何をどう足掻《あが》いてもやらないという選択はなさそうだ。

ルミナリエはぎゅっと剣の柄を握り締め、開き直ることにした。

(そうよ。どうせ逃れられないのだから……久々の模擬戦、楽しみましょう)

しかも相手はあのヴィクトールだ。戦えることなど、このタイミングを逃せば金輪際《こんりんざい》ないだろう。

ルミナリエはスゥと、瞳を細めた。

全身に魔力を循環させ、全身を強化する。ついでに剣の方にも強化の魔術を付加した。

剣を振るうのは久々なので、素振りをして慣らす。

（私が普段使っているものよりも、重たい）

ならば、その重さに合った使い方をすれば良いだけだ。

ストレッチをしたり何度か飛び跳ねたりして調整を終えたところで、ヴィクトールが口を開く。

「準備は良いか？」

「はい」

ヴィクトールの眼差しが獰猛《どうもう》な獣のように鋭くなるのを見て、背筋がぞくりと震えた。

それは、相手の性別なんて全く気にしていない。

正真正銘《しょうしんしょうめい》の真剣勝負をしようというときの目だ。

（——嬉しい）

自然と唇が持ち上がり、頭の芯が冴えていく。

「今回は、なんでもありの模擬戦だ。魔術を使っても構わない」

「承りました」

「怪我をしたとしても、あそこにいる治癒魔術師が治せる」

「まあ……」

「四肢が千切れても心臓が止まっても治療できる優秀な男だ。本気でかかってきて構わないぞ」

（それって、国宝級の治癒魔術師なのでは……）

そんな人がこんな場所にいてもいいのかとか、色々言いたいことはあった。

が、ルミナリエは全てを呑み込み「はい」と頷いた。

「戦闘開始の合図は、このコインが落ちたときだ」
「はい」
両手で剣を持ち構えたとき、コインが宙を舞った。
きゅう。
ルミナリエの氷のような碧眼《へきがん》が、くるくる回るコインを凝視する。
投げ出されたそれがやがて重力に負け、ゆっくりゆっくりと落下し――
――チャリーン。
コインが落ちるのとほぼ同じタイミングで、ヴィクトールが目の前に迫ってきていた。
剣が炎の渦で覆われており、当たっても受けてもただでは済まない。
それは間違いなく、この一撃で仕留めようという類《たぐい》の攻めだ。
(それだけの魔術を無詠唱とか……ほんっと、あり、得ないッ!)
しかしルミナリエの瞳はそれをギリギリのところでとらえ、剣先を振り上げた。
「ッ！　氷結ッッ!!」
剣が冷気をまとう。
ガキィン!
鈍い音と凄まじい水蒸気を立て、剣同士が擦り合った。
だが力勝負ではヴィクトールの方が上だ。
それを一瞬で理解したルミナリエは、瞬時に一歩下がり斬撃をやり過ごす。

まともに斬り合えば、負けることは必至。

そのためルミナリエは相手の呼吸に合わせ、受け流し続ける方を選んだ。

後ろに下がりつつも、軽快なステップでヴィクトールの剣技を受け止める。

重心は真ん中に、それだけは忘れない。

あまりにもリズムが良いので、ダンスを踊っているような気分にさせられた。

正直なところ、押されているのが気に食わない。

気に食わないので、ルミナリエはしっかり反撃をしていた。

ヴィクトールの斬撃の隙を縫い急所を狙ったり、小さな氷の刃を頭部めがけて投げたりする。そのどれも、防御魔術で防がれたり、床石に突き刺さったりしてしまった。

当たらなかったことに悔しがるふりをしつつ、ルミナリエは思う。

(別に構わないわ。本命は別だもの)

もちろんヴィクトールの方も火の玉を当ててきたり、割と容赦なく打ち込んでくる。

だけれど、開始と同時に当ててきたそれとは比べ物にならないくらいぬるかった。

(殿下のほうも、タイミングを図っているってわけね)

ならば今度は、こちらから攻めてやる。

ぎりっと、ルミナリエは歯を食いしばる。

そして、ヴィクトールが足をつこうとしている床石めがけて下位の氷魔術を無詠唱で放った。

「ッッ！」

つるりと足を滑らせたヴィクトールは、大きく体勢を崩す。

そのとき初めて、彼の顔に驚きの表情が浮かんだ。

(今しかない！)

ルミナリエは背後に飛びながら高らかに叫ぶ。床に突き刺さっていた氷の刃が、淡く光を放ち始める。

「貫《うが》き穿て！　女神の氷華《グラセ・フルール》ッッ!!」

――ヴィクトールのいた場所を中心に、氷の華が咲いた。

ルミナリエが使える攻撃系氷魔術の中でも最も強い魔術だ。

狙った対象を凍りつかせるだけでなく、体の芯まで冷気を浸透させ蝕《むしば》む、凶悪な氷魔術である。

あらかじめ床に魔術で作った氷を展開しておくことで、詠唱を短縮化させたとっておきだ。

ぜいぜいと息を切らせたルミナリエは、美しく咲く氷の華を凝視する。

魔術は上手く展開できた。

王太子を傷つけたのではないかという恐怖心もあった。

だが、一撃目からあれだけの魔術を打ち込んできた相手だ。

これくらいやらないといけないと思ったのだ。

余裕がなかったとも言える。

しかし、背筋を這うような嫌な予感は拭えなかった。

その予想違わず。

――じゅう、と。

氷が、とろけた。

「――吼えよ、光雅の獣《エクレール》」

ぞわりと、今まで感じたことのない悪寒が背筋に走った。

ルミナリエは咄嗟《とっさ》に、展開していた氷の刃に命じる。

「来　て　っ　!!　」

呼び寄せた氷の刃と、光をまとう刀身がかち合ったのは、ほぼ同時だった。

だがルミナリエが放った刃だけでは、ヴィクトールの一撃は受け切れない。

一瞬だけ勢いが削がれたが、直ぐ光に呑まれて霧散してしまった。

（でも、これだけの時間があれば――――！）

「そびえ立て！　白銀の無限要塞《ディアモン・ボルト》!!」

ルミナリエは、最高位の防御魔術を展開した。

何枚にも重なり咲き誇る花のように美しく、ベルナフィス領一高いペツェル氷山のように堅牢に。

絶対に自領を、ひいては国を守ると誓った、先人たちの思いの全てだ。

それは言わば、一枚一枚がダイヤモンドのように硬い蕾《つぼみ》のようなものだ。

使用者の魔力が続く限り再生し続ける最強の盾。

何重にも張り巡らされた氷の防壁が広がり、光の剣とかち合う。

砕けた。

砕けたのだ。

その度に防壁が展開される。

何度も何度も重なっては砕け、重なっては砕け、重なる。

ルミナリエはこのとき初めて、心の底から恐怖した。

(なんでこんなにも、砕けてるのよ……！)

この防御魔術は、辺境で国を守ってきたベルナフィス家とっておきの魔術だ。

そう簡単に壊せるものではない。

それがガラスを砕くかのように壊されているのだから、恐ろしい。

一体どれだけ強い魔術なのだろうか。

甲高《かんだか》い悲鳴のような音を立てて防御魔術が壊れていく。

その音を、ルミナリエは胃が縮むような思いで聞いていた。

自身の魔力が続く限り展開し続けるつもりだが、これはいつになったら終わるのだろうか。

(だけ、ど……負けられない、負けたく、ない……っ！)

「ぁぁぁあああああッッッ!!」

目の前が光で包まれるのを、ルミナリエは見た。

視界が真っ白になる。強烈な光だった。

——ふっと。光の剣が消える。

「はぁ、はぁっ……」

ルミナリエは、大粒の汗を流しながら腕を突き出す。

その目の前には、最後の一枚の防御魔術が残されていた。

――ぱきん。

それも、一呼吸置いた後に壊れる。

（……終わった？）

防ぎきったことに対する喜びよりも、安堵《あんど》の方が勝った。

足から力が抜けたルミナリエは、ぺたりと床に座り込む。

今までにない、凄まじい疲労感だった。

だからだろう。目の前に迫る足音にも、降りた影にも気づかなかったのは。

「素晴らしい腕だった、ベルナフィス嬢。まさかあの一撃を防ぎきるとは」

顔を上げれば、そこにはヴィクトールがいた。

汗こそかいているものの、飄々《ひょうひょう》とした態度はそのままだ。

それを見たルミナリエはむうっとする。

だけど再度戦闘を再開する気力も湧かず、ガックリとうなだれた。

「……お褒めいただきありがとうございます、殿下。ですがこの模擬戦、私の負けです」

（……というかそもそも、今回の模擬戦の勝利条件って何でしたっけ？）

なし崩しの状態で始めてしまったので、頭からすっぽり抜けていた。

ほんと、何故戦うことになったのだろう。

そんなルミナリエを置き去りにして、ヴィクトールは感想を述べた。

「いや、わたしの負けだ。……というより、この一撃を防いだ女性はあなたが初めてだ」

「そ、そうです、か……」

そりゃそうでしょうね、とルミナリエは思う。

「剣技も素晴らしかった」

「は、はあ……」

「まるで舞を舞うかのように戦うベルナフィス嬢を見て熱が入り、つい本気を出してしまった」

「それはそれは」

「戦闘をしていて楽しかったのは、今回が初めてだったよ」

「あ、左様ですか……ありがとうございます……」

赤面するようなことを言われているはずなのだが、あまりときめかない。

状況が状況だからだろうか。

もうどうでもいいから、部屋に帰ってお風呂に入り休みたい。

（というより何かしら……殿下ってこんなに饒舌《じょうぜつ》だった？）

そう思っていたルミナリエの眼の前で、ヴィクトールが跪《ひざまず》く。

そして床についていたルミナリエの左手を、彼が取ったのだ。

手の甲にキスするまでの流れはものすごく自然で、抵抗する間もない。

ルミナリエを見ている王太子の表情は、今までにないくらい柔らかくとろけるようだった。

「あなたに惚れてしまった。だからどうか、わたしの妃になって欲しい」

予想していなかったタイミングでの求婚に、ルミナリエは思わずぽかーんとしてしまった。

——美しい殿方に跪かれ、手の甲にキスをされて甘い甘い求婚される。

それが、貴族令嬢たちにとって最上の求婚方法だ。それはおてんば令嬢と言われるルミナリエにとっても同じだった。

そして彼女は今そんな、夢のようなことをされていた。

しかも、それはそれは美しい王太子殿下からだ。

なのに——なのに！

（なんでこんなにも嬉しくないのッッ⁉）

人生初の求婚に対して何を返したらいいか分からず、ルミナリエは遠い目をしたのだった。

二章　波瀾万丈な後宮生活

決闘をした翌日の朝は、とても良い陽気だった。

久々に体を動かせたこともあり、心身ともにどこかすっきりしている。そのタイミングで飲む紅茶の味はまた格別だ。

（ああ、なんて美味しい。幸せだわ）

ほっと息を吐きながら、レレリラが淹れた紅茶に舌鼓を打っていると。

「……僭越ながらルミナリエ様。昨日の件はどうするのですか？」

レレリラが控えめに問いかけてきた。

「あらレレリラ。昨日の件とは何かしら？」

「昨日の件は昨日の件です」

「うふふ、そんなこと知らないわ。覚えていないわ」

「……王太子殿下に求婚された件です、ルミナリエ様。保留という形で退散してきましたが、返事を長引かせることは得策とは言えませんよ」

ぱきん、と。湯気を立てていた紅茶が凍った。つついてみたが、表面だけでなく中まで完全に凍っている。

どうやらうっかり力加減を間違え、冷気を溢れさせてしまったらしい。ティーカップだけでなく、椅子やテーブルといった周辺まで霜が張ってしまった。

だがそれは同時に、ルミナリエがそれだけ動揺しているということなのだろう。

ルミナリエはため息をこぼしつつ、凍ってしまったティーカップを指先で叩いた。

「……仕方ないじゃない。あんな展開から、求婚されるなんて思ってもみなかったのだから」

――レレリラの言う通り、ルミナリエは昨日の求婚を保留という形で先送りにした。そして逃げるように、後宮に帰ってきたのだ。

それから何か接触があるのではないかとビクビクしながら一夜を過ごし、今日に至る。そのためろくに寝られておらず、今日の陽気は心地好いどころか目に痛かった。

動揺しっぱなしのルミナリエとは打って変わり、レレリラは至極冷静である。

「ですがルミナリエ様。ルミナリエ様は妃になるべくこちらに出向いたのでは?」

「うぐ」

「王家との繋がりが親密になることは、大変喜ばしいことです。ルミナリエ様は辺境伯令嬢ですから。にもかかわらず保留という形で先延ばしにする理由はないと、わたしは思うのですが」

「レレリラの正論が耳に痛いわ……」

「さらに言いますと、殿下はルミナリエ様の特技を見て惚れたわけです。それはルミナリエ様にとっても、生きやすい環境かと存じます。あのような殿方、そうおりませんよ」

「ウッ」

「と言うより、これだけのことをやらかした後なのですから。僭越ながら申し上げますと、これを逃せば婚期は来ないように思います。もし断れば、ルミナリエ様は部隊長としてベルナフィス領で一生を終えることに……」

「あああああもうやめてやめてやめて！　躊躇《ためら》いなく急所を貫くのはやめて！」

レレリラは、サクサクと容赦なくルミナリエの心を突き刺してくる。

ティーカップをテーブルに置いたルミナリエは、両耳を手で覆いながら悲鳴をあげた。

レレリラは姉妹同然のように育ってきたため、時折こんなふうに辛辣《しんらつ》なことを言ってくるのだ。

しかしそのどれもがルミナリエのことを思ってのことなので、咎《とが》める気にすらならない。

（……レレリラの言う通りよ。ぐうの音《ね》も出ないわ。だけれど……）

目を瞑《つむ》り、昨日の光景を頭に思い浮かべてみる。

――汗まみれの中、床に力なく座り込んだ状態のルミナリエと、そんな彼女の前に跪き嬉しそうに求婚してくる王太子《ヴィクトール》――

（とてもじゃないけど、冷静な判断が出せそうな場面じゃなかったわ……!!）

が、一夜明けた今は別だ。

ルミナリエは改めて、自分の立場を考えた。

（私が断る理由は、まずない。レレリラの言う通り、この機を逃したらこんなに好条件な結婚は一生できないわ）

美人で器量も良い母が、二十三歳という結婚適応年齢ギリギリで婿養子をもらったのだ。ルミナリエが成功する確率はかなり低いだろう。

指先でカップをカーンと叩く。一際大きく、ティーカップが鳴り響いた。

だがそんなとき、ヴィクトールの言葉を思い出してしまう。

『あなたに惚れてしまった。だからどうか、わたしの妃になって欲しい』

瞬間ぶわりと、熱が込み上げてきた。顔だけじゃなく耳や首筋まで真っ赤になる。

なのに周りはどんどん凍っていって。とうとうテーブルや椅子までもが、氷に覆われてしまった。

「無理、無理無理無理無理ー！　返事なんて、できるわけがないわっ！」

ルミナリエはじたばた暴れる。そのせいか、凍っている箇所が増えていく。

凍った床の上に立ちながら、レレリラは溜息をこぼした。

「ルミナリエ様。部屋全体が凍る前に、落ち着かれてください」

「……え？　い、いやぁぁぁあ！　何これぇ⁉」

レレリラの呼びかけにより惨状に気づいたルミナリエは、小さく悲鳴を上げる。

その氷が消えるまでかなりの時間がかかったことは、言うまでもない。

＊

ヴィクトールからの求婚に返事が出せないまま、早二日。

その間中、ルミナリエはとにかく悩んでいた。

（この縁を逃せば、私のことを認めてくれる人に会える確率は限りなく低くなる。それは分かってる、分かっているのだけれど……）

どうにも決心がつかない。

だって相手は、あの王太子だ。彼の妃になるということは、後々この国を背負うことにもなる。

（私に、そんな大役が務まる……？）

国への愛着は、人一倍あるほうだ。今までずっと、国防の第一線で戦ってきたのだ。なかったらとうに投げ出している。

だが、だからこそ。その重みを誰よりも感じていた。

そんなふうに悶々と悩んでいたせいか、あるものを見つけてしまう。それは、朝発見した。

ベッドの横に置いてあるバケツから水を汲み、洗面器に移す。顔を洗うのは毎朝の習慣だ。

髪を適当に結い上げ、ドレッサーの前に座る。そして鏡を見たときだ。

「な……な……」

なんと。――額に、できものができていたのだ。

「い、やー!!」

ルミナリエは、ドレッサーに突っ伏した。

「……何事ですか」

悲鳴を聞きつけたレレリラが、呆れ顔でやってくる。

ルミナリエはレレリラに抱きついた。

「レ、レレリラぁ……！」

「はいはい。どうしました？」

「ひ、額に……できものが……！」

「ああ……ストレスでしょうね」

（そんな、他人事みたいにー！）

確かに原因はストレスだが、問題はそこではない。顔にできものなど、淑女どころか乙女にあるまじき事態だ。到底許せることではない。

前髪で隠せる場所だが、そういうことではないのだ。

「とりあえず、塗り薬ちょうだい……」

「承りました」

朝からまさかの事態に直面し、ルミナリエはしょんぼりする。顔を洗ってから塗り薬は塗ったが、原因を断たなければ解決したとは言えない。

そして今回の原因と言ったら――間違いなく、ヴィクトールの件だ。

（あーもう。どうしたらいいのよ……）

ドレッサーの前で悩む。

ルミナリエは思わず、髪を梳《と》かしてくれているレレリラに語りかけた。

「あーあー……ねえレレリラ。どうしたらいいと思う？」

「わたしにそう言われましても。……というよりルミナリエ様、あまり頭を動かさないでください」

「はーい……」

ルミナリエは椅子に深く腰掛け、頭の位置を固定する。そして鏡越しに、レレリラの手さばきを眺めた。

髪を梳かすたびに、自身の銀髪が艶を帯びていく。それが終われば編み込みだ。みるみるうちに髪が編まれていく。

その作業をしているときのレレリラは、いつだってとても真剣だった。

相変わらず器用だなと思っていると、レレリラが口を開く。

「ルミナリエ様は、一体何が不安なのですか？」

「……不安、というか。レレリラは、私に王太子妃が務まると思う？」

「少なくともわたしは、ルミナリエ様に向いていると思います。あなた様は誰よりもこの国を愛していらっしゃいますから」

（ほ、褒められたわ……嬉しい）

相手がレレリラだからか、余計照れてしまう。

すると、レレリラが「ですが」と続けた。

「ルミナリエ様が感じていらっしゃる不安は、そういうものではないのでは？」

「……え？」

「『王太子殿下と上手くやれるのか』。ルミナリエ様が感じていらっしゃる不安はそこだと、わたしは思います」

「……つまり？」

「まだ時間はたっぷりあるのですから、何度かお会いしてみてはいかがでしょう？　ルミナリエ様に必要なのは、殿下との距離を縮めることかと思います」

（……なるほど。確かに）

もやもやしていたものが、すうっと晴れていくような心地になる。

（そうよ、そうだわ。私は多分、過程が欲しいのね）

ヴィクトールは、ルミナリエが戦えるから妃に選んだのだと思う。だがそれを、ルミナリエ自身は納得していない。それが理由とは、どうしても思えないのだ。

それはルミナリエとヴィクトールの間に、距離があるからだと思う。

初対面に近い相手にそんなこと言われたら、誰だって戸惑うと思うが。

「距離を縮めてから答えを出しても、遅くないかしら」

「遅くないと思います」

「……分かったわ、そうする」

ルミナリエは、鏡に映る自分の姿を見た。

（……よし、頑張る！）

気合いを入れるためにぱちんと頬を叩く。

「ルミナリエ様、頭が揺れます。おやめくださいませ」

「……ごめんなさい、大人しくします……」

朝の支度を終えたルミナリエは、朝食を摂《と》るために食堂に向かった。

食堂には、とても大きな長方形のテーブルが置かれている。三十人が使っても余裕があるほど、そのテーブルは大きかった。そこに、参加者分の椅子が並んでいる。

食事は基本的に、貴族令嬢たちが全員参加する形だ。しかし朝は食欲がない人も多く、揃いが悪い。

だが今日ばかりはなんと、全員揃っていた。

(……珍しいわね?)

そう思いながらも席につく。気のせいだろうか。なんとなく、めかし込んでいる令嬢たちが多いような気がした。

そこで、ルミナリエは気づいた。

テーブルの短辺部分に一つだけ、椅子が置かれていることを。

(ものすごく、嫌な予感がする……)

その予想違わず。——朝食の席に、ヴィクトールが現れたのだ。令嬢たちが色めき立つ。その変わり身の早さに、ルミナリエは引いた。

(前まであんなに色々愚痴を言っていたのに……)

だが正直言うと、それどころではない。ダラダラと嫌な汗が背中を伝う。

（こちらから行く前に、向こうが来てしまったー！）

まだ心の準備が完全に整っていなかったルミナリエは、パニックになっていた。ヴィクトールと目を合わせることができず、ルミナリエは俯く。キリキリと胃が痛む。

（なんでもいいから、早く終わって！）

緊張しているせいか、支度をしてくれている執事たちの動きがゆっくりに見える。

食事の準備が整った頃、ヴィクトールが立ち上がった。

「失礼。食事の前に、少し聞いて欲しい」

（何、何を言うの⁉）

「まず初めに。わたしの都合で長く、皆を放り出してしまった」

なんだそのことか、とルミナリエは少しホッとした。

「その代わりに、これからは皆と関わり合いたいと思う。昼間は数人を読んで茶会を開き、夜は一人一人と会話をする時間を設けるつもりだ」

（それは、素晴らしいことだわ。というよりもしかして、私への求婚は幻覚だったんじゃ）

「そこで、今日の夜会う相手を言っておきたいと思う。――ルミナリエ・ラーナ・ベルナフィス嬢。あなただ」

「……え？　は……はい……」

まさかまさかの展開に、ルミナリエはヴィクトールのほうを見る。見て、そして後悔した。声を出さず唇を動かす姿が見えてしまったからだ。

読唇術を習っていたルミナリエには、何が言いたいのか分かってしまう。

『求婚の件で、話がしたい』

（あああああ、夢でも幻覚でもなかったー!?）

ルミナリエの返答があまりにも遅いため、痺れを切らしたのだろう。返答する前に、向こうからやってきてしまった。

頭が真っ白な状態で食事をしたせいか、味は全くしない。ルミナリエの頭の中には、今日の夜どう返答するのかでいっぱいだった。

食後は、幸いというべきだろうか。皆がヴィクトールに群がり話しかけようとしたため、なんとか避けることができた。しかし根本的な解決には程遠い。

沈痛な面持ちで、とぼとぼと廊下を歩いていたとき。

「……あ、の」

後ろから、か細い声がした。

振り返れば、そこには茶色の髪と緑の瞳を持った少女がいる。

エドナ・グランベル。

ルミナリエが、五日前、ストーカーから救い出した少女だ。エドナはおどおどとした様子だったが、以前と比べると落ち着いていた。その姿に、ルミナリエはホッとする。

「あら、エドナ様ではありませんか」

「は、はい。お久しぶりです、ルミナリエ様。先日は助けていただき、ありがとうございます」

「良いのですわ。それよりも、もう大丈夫ですの？」

「はい。もうすっかり良くなりました」

そう微笑むエドナの姿は、前と違い生き生きしていた。頬にも赤みが差しており、肌艶もいい。体調が良いという言葉は嘘ではないだろう。

すると、エドナが恐る恐る言う。

「あ、あの……」

「あら、どうかいたしました？」

「はい。助けていただいたお礼に、何かできないかと思いまして」

「お礼だなんて、そんな。当然のことをしたまでですわ」

そこではたりと気づいた。

（そうだわ、一応口止めしとかなければ……！）

傘で殴っただけなので戦えるということはバレていないはずだ。だが、予防しておいたほうがよいだろう。

「あの、エドナ様。私が助けたことは、できたら内密に……」

「もちろんです。それに、グランベル家としても知られたくない話ですから……」

（そっか、そうよね。エドナ様が悪くなかったとしても、醜聞《しゅうぶん》が立つかもしれないし……）

この世の中には、被害者のほうを悪くいう人間が一定数いるのだ。特にエドナは伯爵令嬢だ、身分が高い。面白おかしく吹聴《ふいちょう》される可能性もある。

「では……お互いのためにも、秘密ということで」

「はい。そうしていただけたら嬉しいです。なので何か別にお礼を……」

「そんな……」

ルミナリエは戸惑った。本当に、当然のことをしたと思っているからだ。暴漢に襲われていた少女を助けない選択など、まずない。

だがそう言っても、エドナは納得しなさそうな顔をしていた。

(うーん、お礼……何かしら……)

少し考えていると、背後からそっと肩を叩かれた。レレリラだ。彼女はこっそり耳打ちしてくる。

「殿下への返答、悩んでいるのですよね。なら、エドナ様に相談してみてはいかがでしょう?」

「……エドナ様に?」

「はい。聞いたところによりますとエドナ様は、殿方に人気のご令嬢だとか。コミュニケーション能力はルミナリエ様より上かと」

(やだ、レレリラ天才!?)

なんていいアイディアを出してくれるのだろう。

ルミナリエはありがたく、レレリラの案に乗っかることにする。

「ではエドナ様。一つお願いが」

「はい」

「――私に、会話を弾ませるためのコツを教えてくださいませ!」

突然の質問に、エドナは初めこそ驚いていた。

しかし「今日の夜お会いする王太子殿下と、何を話したらいいのか分からない」。そう説明すれば、彼女は快諾してくれた。

とりあえずルミナリエは、エドナを私室に招く。

（うっ。そう言えば私、同じ立場の同性と面と向かって会話をするのも初めてだわ……）

もてなし方が分からず、そわそわしてしまう。そこで、頭の中に母の言葉が響いた。

『知らないことは、決して恥ずかしいことではないわ。知ろうとしないことのほうが、よっぽど恥ずかしいことよ。だから、知りたいなら恥ずかしがらずに打ち明けましょうね』

（そうだわ。この段階で既に恥は晒してるのだから……思い切って聞いちゃいましょう！）

ルミナリエは、にこにこ笑うエドナに話しかけた。

「あの、エドナ様！」

「なんでしょう？」

「わ、私、実を言いますと……友人がいないのですわ」

「……え」

エドナが目を丸くしている。

（あああ、引いちゃってるじゃない……！　私の馬鹿、もっと切り出し方を考えなさいっ）

そう思ったが、もう遅い。

（ええい、勢いで言い切ってしまえ！）

「ですので！　客人のもてなし方から教えてくださいませ！」

エドナはきょとんと、目を瞬かせる。

「もちろんです」

しかし予想に反して、二つ返事で了承してくれた。

「というより、ご友人がいないというのは本当ですか？」

「はい。なんせ、周りに他の貴族がいない環境で育ちましたから。昨年の秋に社交界デビューをしましたけど、上手に話せなくて……」

「まあ……」

エドナが口元に手を当て、驚いている。

「昨年の秋……ですか。わたしは参加してませんでしたが……皆様、なんて見る目のない」

ぼそっと。そんな言葉が聞こえた気がした。

（ん……？　なんだか今、ものすごく黒い発言を聞いた気が……）

しかし、肝心のエドナはにこにこしている。とてもではないが、そんな言葉を言いそうにはない。

「でしたら、わたしが初めての友人ということですね」

「え？」

「あら、ダメでしょうか？」

「そ、そんな！　むしろ、とっても嬉しいですわ！」

ルミナリエは内心拳を握り締めた。

（やったわ！　当初の目的、達成したわ！）

そう。本当は、友人を作るために後宮へ来たのだ。

（殿下から求婚されたことで、なんかおかしなことになっているけれどね！）

いやそもそも、ルミナリエの目的がおかしいのだ。元からおかしかったものがさらにこじれて、余計わけが分からなくなっているだけである。

ルミナリエがそんな事実から目を背けていると、エドナがきらきらした瞳でルミナリエに迫ってくる。

「では友人になりました証として、わたしが持ちうる知識を一から全部教えますね！」

「そ、それはありがたいのですけれど……エ、エドナ様、少し近いですわ……」

「……ハッ。わ、わたしとしたことが……申し訳ありません！　つい……」

頬を赤らめつつ、エドナは身を引いた。その仕草がなんだかとても可愛らしくて、ルミナリエは思わずくらりとする。

（こ、これが、人気者の風格……！）

ルミナリエが同じことをしても、不審がられて終わるだけだ。にもかかわらず嫌みに見えないのは、さすがとしか言えない。

始める前からめげかけていると、エドナが拳を握り真剣な瞳で語りかけてくる。

「ルミナリエ様。コミュニケーション能力を上げるにはとにかく、実践《じっせん》あるのみ。ですのでこれから、わたしと一緒に頑張りましょう！」

「エ、エドナ様……」

「大丈夫です。ルミナリエ様なら、絶対できます！」

力強く言われると、なんだかできるような気がしてくる。

（……そうよ、そうよね。やる前からめげるなんて、私らしくないわ！）

それに今の話を聞いていると、コミュニケーション能力を上げるのも鍛錬も同じもののような気がしてきた。

「エドナ様。私、頑張りますわ！　どうぞ、ご指導ご鞭撻《べんたつ》のほどよろしくお願いいたします！」

「もちろんです」

それからルミナリエはエドナから、「会話を弾ませるためのコツ」を実践を交えつつ教えてもらったのだった。

＊

それからあっという間に夜になる。

つまり——決戦だ。

新しいドレスに着替えたルミナリエは、ヴィクトールのことを待ち受けていた。

すると、扉が叩かれる。

「失礼する」

そして予定通り、ヴィクトールがやってきた。

彼を笑顔で迎え入れたルミナリエは、頭の中でエドナの言葉を思い出す。

(まず初めに……挨拶《あいさつ》！)

「こんばんは、王太子殿下。どうぞこちらへお座りくださいませ」

「……ああ」

ヴィクトールを中へ案内し、椅子に座ってもらう。そして自身も椅子に座った。

(次は……当たり障りない話を！)

入り口となる会話は、そこまで大したものでなくても良いとエドナは言っていた。ただできたら、話が弾みそうなものがいいらしい。共通の話題というやつだ。

会話というのは、そこからどのようにして話を膨らませるかが肝《きも》だという。つまり、連想が大切なのだとか。

(だから……そう。まずは、共通の話題を)

ルミナリエとヴィクトールの共通話題といったら――そんなの決まっている。

(戦闘、訓練、武器でしょう‼)

「殿下。殿下はとても整った体をしておりますが、一体どのような訓練をしておいでですか？」

瞬間、紅茶を用意していたレレリラが苦い顔をした。客人の前ではそつなくこなすのに、珍しい。

というより、ヴィクトールのほうもきょとんとしている。

（……あれ、私何か間違えた？）

頭が真っ白になりかけたときだ。ヴィクトールは真面目《まじめ》な顔をして、

「……走ったり、素振りをしたり、筋肉トレーニングをしたり……色々だな」

そう言った。

（あら……以前お庭で話したときより、いい感じじゃない？）

落ち込みかけていた心が、ぐっと浮上する。ルミナリエはぱあっと表情を明るくした。

「で、では……食事にも気をつけていらっしゃいますか？」

「ああ。体作りの基本は食事からだと、師に口うるさく言われたからな」

「まあ。私と同じですわ」

「……ベルナフィス嬢も？」

「はい！　師は母なのですが、偏《かたよ》った食生活をしていると怒られますの」

「そうか……わたしと同じだな」

（こ、これは……なんとなく、いい感じなのではっ？）

思わずレレリラに視線を送ったら、生ぬるい視線を返された。

（え、それどういう視線）

すると、今度はヴィクトールのほうから話を振ってくる。

「では、ベルナフィス嬢はお母上から読唇術を習ったのか？」

「そ、そうですが……何故お分かりに？」

「朝食時に目が合ったとき、わたしが口を動かすのを見ていただろう？　その後すぐに顔を逸らしたから、理解していると考えた」

「うふふ。……はい、その通りですわ」

（全部見破られているわ、怖い）

笑って誤魔化《ごまか》そうとしたが、そんな高度な技を使えるなら苦労していない。

しかもその会話のせいで、本題に入ってしまった。

「ではベルナフィス嬢。わたしがここに来た理由は分かるな」

「……はい」

「それならば……先日の求婚。その返答をもらいたい」

ルミナリエは、そろりと目を逸らした。

（うう……どうしましょう）

実を言うと、言いたいことはもう頭の中でまとめてある。なのに言えないのは、勇気がないからだ。

（だって、絶対に失礼だし……）

しかし、それを言わないともやもやすることに変わりはない。そして何より、こんな気持ちのまま婚約して結婚するのは良くないと思うのだ。

ルミナリエはぐっと拳を握り締める。

「――今はまだ、お受けできません」

そしてはっきりと、そう告げた。

ヴィクトールの瞳がゆっくり見開かれていく。彼は驚いていた。

そしてこのままいけば、確実に傷つけてしまうだろう。

その前に、ルミナリエは再度口を開く。

「殿下の気持ちが嫌だとか、そういう意味ではないのです。ただ……色々と考えてしまうのですわ」

「……色々、とは？」

「一つ目は……私が、王太子妃として相応《ふさわ》しい人間なのかという点ですわ。殿下も存じていると思いますが、私は模範的な淑女ではありません。そんな私が王太子妃になれば、必ず反発がきますでしょう」

「……他にはあるか？」

「はい、後二つほど。発言をしても宜《よろ》しいですか？」

「ああ」

許可を得たルミナリエは、深呼吸をして気持ちを整えてから口を開いた。

「二つ目は、私の気持ちが整っていない点です。殿下の前でこんなこと言うのはなんですが。……私、自分が選ばれるなんて思っていなかったのです」

（本当、これ言うのどうかと思うわ……）

だが、ヴィクトールは怒った様子もなく真剣に聞いてくれる。それを良いことに、ルミナリエはさらに語る。

「なので、この状況についていけていないと言いますか。はっきり言って、戸惑っております」

「……なるほど。それで、三つ目は」

ルミナリエはぐっと、喉を詰まらせた。

（これって、言って良いのかしら。……いや、ここまで暴露してるのだから、言いましょう）

ルミナリエはヴィクトールの目を見る。綺麗なオッドアイだ。瞳の色によって使える魔術属性が決まるこの国では、二属性が使える特殊な証でもある。

そんな瞳を見つめながら、ルミナリエはゆっくり口を開いた。

「三つ目は――殿下が私のどこを好きになったのか、全く分からない点です」

正直に言おう。これが一番の謎で、一番引っかかっている点だ。

「いや、なんとなく。なんとなく、私が戦えるからというのは分かるのですよ？　えっと……そうです、わよね？」

むしろ、違うなら言って欲しい。

（むしろ、言ってくれないと分からないわ）

するとヴィクトールは、口元に手を当て考え込んでしまった。

（え、そこで考え込みます⁉）

まさかの展開にハラハラしていると、ヴィクトールが呟いた。

「……何故だろうな？」

「……えっ」

(まさか、本人も分からないの⁉)

「いや、すまない。ええっとだな」

ヴィクトールが、言葉を選ぶように瞳を彷徨《さまよ》わせた。

「感覚、というのだろうか。それが、あなたを選べと言っているというか……」

「か、感覚ですか……」

「ああ。だけど、なんだ……今思えば、だいぶおかしいな？」

(それ私に言います⁉)

何故だろう。対話をする前より、事態が混沌としてきた気がする。

それでも、ヴィクトールはなんとか言語化しようと頑張ってくれた。

「わたしは、人より感情の起伏が少ないのだ。だが、ベルナフィス嬢がグランベル嬢を助けた話を聞いたとき……そわっとした」

「そ、そわっと、ですか……」

「ああ。そして戦ってみて、心が震えたんだ」

(それ、別の何かでは……)

そう思ったが、さすがに不敬《ふけい》なので口を閉ざす。

すると、ヴィクトールが首を傾げた。

「ベルナフィス嬢」

「は、はい。なんでしょう？」

「今回の議題、一度持ち帰っても良いだろうか？　聞かれたからには、ちゃんと答えたい」

（ぎ、議題……）

確かに、議題なような気がする。

それに答えを出してくれるなら、ルミナリエとしても嬉しい。少なくとも、もやもやした気持ちが晴れるはずだ。

だからルミナリエは頷いた。

「殿下の納得いくようになさってくださいませ」

「恩に着る」

ヴィクトールはそれだけ言い残すと、颯爽《さっそう》と立ち去ってしまった。

ポツンと残されたルミナリエは、冷めた紅茶に手をつけつつぼやく。

「……なんだったのかしら、これ」

その答えが知りたくて、思わずレレリラを見た。すると彼女は珍しく疲れた顔をして、首を横に振る。

「わたしが一番聞きとうございます」

全くもって、その通りである。

＊

それから二日ほど経った頃。

ルミナリエの元に、ヴィクトールから手紙が届いた。

開封して中を読んでみる。

『ベルナフィス嬢へ
二日前の議題の答えが出たので、ここに書き記す。

一つ目。これはわたしが、この国のあり方そのものに疑問を抱いているからだ。

そもそも、性別で役割分担するのは非常に効率が悪いとわたしは考える。何故かと言うと、得意分野は性別で決まらないからだ。これは国立研究所の研究でも明らかになっている。

昨今の情勢を顧《かえり》みれば、性別より適材適所を優先したほうが国益になるはずだ。

その上この文化は、貴族たちの間にのみ成立しているものである。

平民から軍人になる者の中には、女性も多い。そしてその女性軍人たちは、下手な男性軍人より強いこともままあるのだ。

しかしその文化を崩すのは、並大抵のことではない。わたし一人では到底成し得ない事柄だろう。

そこで、ベルナフィス嬢を妃にすればどうなるだろうか。確かに反発も大きいかもしれない。

だがそれが、理想を実現するための第一歩になるのではないか。そしてその一歩を踏み出す力が、ベルナフィス嬢にはあると考えたのである。』

一つ目の答えを聞き、なるほどなと思う。確かに、性別で得意分野を決めるのはナンセンスだ。

ルミナリエも同意見である。

（うん……一つ目に関しては、納得できたわ。むしろそれだけの理由があるなら、乗らないという選択はないわね）

だが、それ以上に気になるところがあった。

ルミナリエは、文章にどことなく既視感《きしかん》を覚え首を傾げる。

（これ、なんだったかしら。……ああ、そうだ報告書。報告書っぽい）

道理で見覚えがあるはずだ。部下からよくもらうし、自分もよく提出する。

（なるほどなるほど。最早手紙じゃない気がするけど……読みやすいからいっか）

ルミナリエは続きを目で追うことにした。

『二つ目。これに関しては、わたしが全面的に悪いと考える。

と言うのも今回求婚するに当たり、わたしは過程を飛ばして結果を出そうとしたからだ。これでは、ベルナフィス嬢の気持ちが追いつかないのも無理はない。部下にも相談したら、戸惑って当たり前だと怒られた。

なので残りの日数で、その過程を埋めていきたいと考えている。』

（なんだか分からないけど……つまり、あれよね？　後宮にとどまっている残り日数でお茶や話し合いをして、距離を縮めるってことよね？）

多分きっとおそらく、そういうことだろう。それならば、ルミナリエも覚悟して備えるまでだ。

ぎゅっと拳を握り締め、やる気を出す。そして最後の項目を読んだ。

『そして三つ目。これに関しては本当に申し訳ないが、感覚という言葉以外が使えない。』

（ええええええ）

だが初っ端で躓《つまず》き、手紙をぐしゃりと握り締めてしまった。慌ててしわを伸ばし、続きを恐る恐る読む。

『国王陛下曰く、王族は感情の起伏が少ないらしい。』

（王族の方もなの⁉）

『だがわたしはその中でも、特に鈍いらしくな。本能を理性で抑えつけてしまうことができるところがあるとかなんとか言われた。』

（本能を理性で抑えつけるとか、理性の化け物ですか⁉）

ダメだ、ツッコミどころが多すぎて先が読み進められない。

（ルミナリエ、いい？　これは鍛錬、鍛錬なのよ……気をしっかり保ちなさい……！）

『そんなわたしの理性のたがが外れるのが、戦闘時。その中でも特に強敵と戦ったときに外れやすいらしい。そしてベルナフィス嬢は、その強敵に値した。』

（バーサーカー！　私が言うのもなんだけれど、それバーサーカーの思考！）

『そのときに本能が理性を上回り、求婚という行動に現れたらしい。』

（らしいって何、らしいって！）

『そんな感じなので、自分でもいまいち心情を整理しきれていない。

どちらかと言えば、国を良くするためにあなたを選んだというほうが正しい気もする。しかしそれも、何やら違う気がするのだ。

なのでこちらも、あなたが後宮にいる間に伝えていこうと思う。

以上

ヴィクトール・エディン・リクナスフィールより』

最後までなんとか読んだルミナリエは、よれよれの状態のまま椅子に座り込む。頭痛がしてくる。

ただ、色々な意味で分かりやすい手紙ではあった。

まぁ、つまり。

「殿下は、仕事人間すぎたのね……」

感情的過ぎるきらいのあるルミナリエとは、真逆の存在だ。色々な意味で心配になる。

ただここまで赤裸々に本音を語ってくれたお蔭か、嫌悪感はなかった。それはおそらく、ヴィクトールが王太子としてこの国の未来を考えていたからだ。

「……うん、とりあえず。私のほうも、殿下のことを知る努力をしましょう」

それが最適解だろう。

「確か今日は、殿下とお茶会をする日だったし……頑張りましょう」

ルミナリエは、しわしわになった手紙を伸ばしながらそう呟いた。

ヴィクトールの茶会に参加するのは、一度につき四人まで。

運が良いのか知らないが、ルミナリエはエドナと一緒になった。

残りの二人のうち一人は、アゼレア・ベサント侯爵令嬢。金色の艶やかな巻き毛と、真紅のつり目が印象的な令嬢だ。

アゼレアはどうやら、ヴィクトールの幼馴染《おさななじみ》らしい。そのため、最有力妃候補だと言われていた。

そしてもう一人は、リタ・フレイン子爵令嬢。顎辺りで切り揃えられた黒髪と瑠璃《るり》色の瞳をした、物静かな令嬢である。

初対面の二人を見て緊張していると、エドナがそっと耳打ちしてくる。

「安心してください、ルミナリエ様。お二人は、わたしの友人ですから」

「そ、そうなのですか？」

「はい。とても良い方々ですよ」

その言葉を聞き、少し安心する。

――一同は、庭に備え付けられているガゼボに集まった。

集まったのは良いのだが。

（なんで私、殿下のとなりの席なの……）

ヴィクトールから時計回りで、ルミナリエ、アゼレア、リタ、エドナという順になった。

いや、あの手紙の流れでいったら当然なのかもしれないが、他の人がいる前では静かにしていたいのだ。

（だって、せっかくできた友人が離れていっちゃうかもしれないでしょう⁉）

これなら、エドナと一緒ではないほうがよかった気がする。

ちらりと、ルミナリエはヴィクトールの様子を窺う。

ばちり。目が合った。

慌てて逸らしたが、未だに視線を感じる。

（見ないでくださいなー！）

場に沈黙が広がる。

そんな様子を見かねたのか、エドナがそっと口を開いた。

「ところで王太子殿下。妃選びは順調に進んでおりますか？」

（エドナ様、今それ聞いちゃうのね……）

するとヴィクトールは、無表情のまま言う。

「一応、気になる人はいるな」

（ひ、ひぃっ！）

「だが、まだどうなるか分からない」

その言葉を聞き、少しだけ安心する。

（うんうん、気の迷いということもあるだろうし。私ではない方に目を向けてみたら、違っていたということもあるかもしれないわ）

だが次の瞬間、ヴィクトールが不穏なことを言う。

「まぁ……逃がすつもりはさらさらないのだが」

珍しく笑顔で、ヴィクトールはそうのたまう。

だが、その目は本気だった。

（それ、どっちかっていうと捕食者の目なのですけれど⁉）

すると、アゼレアが扇子《せんす》を口元に当てながら笑う。

「まあまあ、殿下。あまりがっつかれますと、余計逃げられてしまいますわよ？」

「……そうか？」

「ええ、そうですわ」

（そうそう、できれば優しくしてください）

「やるなら、退路を塞いでからにしてくださいまし」

（この人、殿下と同じくらい過激だわ⁉）

思わずエドナを見れば、彼女は珍しく苦笑していた。

「アゼレア様ったら……相変わらず情熱的ですね」

「あら、そうです？　恋とは燃え上がるものでしょう。ならそれくらいしないと」

「……ほう。それくらいしたほうがいいのか……」

（やめてー間違ったアドバイスするのやめてー）

アゼレアの言うことにヴィクトールが反応している辺り、余計不安になる。

（あと、殿下の想いは恋って感じじゃないと思います）

そういう甘ったるいものではない。王太子として成すべきことを考え、最適解を選んだのだと思う。その結果、ルミナリエが選ばれたという感じである。

が、ルミナリエとしては抗いたい。もっといい人がいるはずだ。

なので、アゼレアとヴィクトールの話を黙って聞く。

「というよりそもそも、アプローチはしたんですの？」

「一応、求婚はした」

「……それなのにその方、断ったんですの？　ここへ来たのに、自覚が足りなさすぎませんこと？」

（うっ。その通りだわ……）

「いや、あんまりにも過程を飛ばした求婚だったので、戸惑っている感じだな」

「……もしや、一目惚れですの？」

「いや、さっぱり分からん。でも彼女が一番、妃に相応しいと思う」

（本人がいる目の前で、そういうこと言わないでほしいのだけど！）

するとアゼレアは、ひらひらと扇子をはためかせながらルミナリエを一瞥《いちべつ》する。

「……そうですの」

それっきり、アゼレアは口を閉ざしてしまった。

そんな不穏な空気のまま、茶会はお開きということになったのである――

ヴィクトールが立ち去った後。ガゼボには四人の令嬢が残っていた。

ルミナリエ、エドナ、アゼレア、リタである。

するとアゼレアが、ぴしりと扇子を突きつけてきた。

「あなた」

「は、はい⁉」

「殿下が求婚したお相手、あなたですわよね？」

（何故バレたの……！）

そんな気持ちがそのまま顔に出ていたらしい。アゼレアはふんっと鼻を鳴らしてしたり顔をした。

「やっぱり、そうでしたのね」

（あ……ハッ。もしかしなくても、はめられた⁉）

思わずエドナを見たが、にっこり笑われた。

「なんとなく、そうではないかなと。わたしも思っていました」

「な、何故……」

「殿下の態度が割とあからさまでしたし。……それにルミナリエ様、終始ビクビクされていましたから」

態度に出すぎるのも、考えものだ。

ルミナリエは肩を落とした。

「そ、その通りですわ……」

——それからルミナリエは促されるままに、ことのあらましを伝えた。戦えるという部分も包み隠さず言う。そこがないと、わけが分からなくなるからだ。

三人は特に驚くでもなく、静かにルミナリエの話を聞いてくれた。

「……とまぁ、こんな感じなのです。ですから殿下は恋とかではなく、純粋に国のためを思って私を選んだのだと思いますわ」

するとと、今まで黙って話を聞いていたアゼレアが首を傾げた。

「ならば、お受けしてしまえば良いのではありませんこと？　ベルナフィス家は、家格も実績もあるお家でしょう？」

「それはそうですが……絶対に反発がありますでしょう？」

「そうでしょうね。わたくしは気にしませんけれど、何か言ってくる輩《やから》がいるとは思いましてよ」

エドナも、眉をハの字にして頷いた。

「そう、ですね……特に女性に対する部分は、縛りが多いですから」

「ですけれど、わたくしは殿下の意見に賛成いたしますわ。この国はそろそろ変わらなければなりません」

すると、今まで黙っていたリタがようやく口を開いた。

「た、確かに、近隣諸国と比べて遅れてはいますよね……。他国の文化史を読むので、分かります」

「そうでしょう？」

すると、アゼレアが首を傾げた。

「むしろわたくしは、ルミナリエ様の消極的さが不思議ですわ」

「……え？」

「だって、光栄だとは思いませんこと？　殿下は改革したいとお考えで、あなたはそのパートナーに選ばれたのです。わたくしだったら、二つ返事で了承すると思いますわ」

「そういう、ものですか？」

「ええ、少なくともわたくしはそう思いましてよ」

（そう、よね……確かに、光栄なことだわ）

なのにどうして、ルミナリエは躊躇《ためら》っているのだろう。

すると、今まで考え込んでいたリタがポツリと呟いた。

「あ、あの……あたし、ちょっと思ったんですけど」

「は、はい。なんでしょう？」

「ルミナリエ様ってなんていうか……自己評価、低くありませんか？」

リタにそう言われ、ぐっと喉が詰まった。

リタは何か納得したように、うんうんと頷く。

「やっぱり、自己評価が低いと思います。そしてあたしが予想するに、領地にいるときのほうが自信に満ちているのでは？」

「……たし、かに……そうかもしれませんわ」

「なら、ルミナリエ様が躊躇っている理由は一つ。――ここで評価されるのが、武力でなく社交性や美貌だと分かっているからです。そこに自信がないから一歩踏み出せないんだと、あたしは推測します」

ルミナリエは、その言葉にひどく衝撃を受けた。

だが時間をかけて言葉を噛み締めていくと、その言葉が正しいことに気づく。

「……その通り、ですわ……」

ルミナリエは俯いた。

――ルミナリエは自領で魔物を倒して、そして敵国からの侵入を防いできた。これは間違いない。

しかしそれを評価してくれる人間など、社交界にはいないだろう。むしろ鼻で笑われてしまう。

（そっか、私は……自分が情熱を注いできたことを否定されるのが、怖かったんだわ……）

思わず呆然としていると、アゼレアが頬杖をついた。

「あら。でしたら話は早いですわ」

「……えっと、それはどういう……？」

「自信がないのでしょう？　なら、自信をつけてしまえばいいのですわ！」

何言ってるのこの人、と思わず真顔になる。そんなことできていたら、今こうしてうじうじしていない。

（というより……私が殿下に選ばれたこと、何も思わないのかしら……？）

先ほどから、とても親身になってルミナリエの悩みを聞いてくれている気がする。

「……お三方は、私が殿下に選ばれても嫉妬なさらないのですか？」

「「「……………えっ」」」

（まさかの反応）

すると、リタが笑った。

「まったまたー。嫉妬なんてするわけないじゃないですか。むしろ選ばれなくて心の底からよかった！」

「リタさん、あなた相変わらずね……」

「何言ってるんですかアゼレアさん。あたしが選ばれたら、玉の輿《こし》系主人公になっちゃうじゃないですか。そんな物語的な展開、嫌ですよう」

気軽なやり取りに思わずぽかんとしていると、エドナがにっこり笑った。

「ルミナリエ様は、命の恩人です。それにわたし、嫉妬するほど殿下に焦がれていませんし」

「そうでしたわね」

「……では、アゼレア様は？　殿下は幼馴染でしたわよね？」

アゼレアはぱちんっと扇子を閉じ、真顔になる。

「幼馴染、ですわよ？　恋愛対象というより、上司みたいな存在ですわよ？　ない、絶対にないですわぁ」

「え、えー……」

「ですけれど幼馴染だからこそ、殿下がどなたを選ぶのかは気にしておりましたわ。むしろ相手を見極めてやろうと思って、わたくし今回参加してますの」

おほほと、アゼレアは笑った。

「ですが……心配はいらなかったみたいですわね。ルミナリエ様は、素晴らしい方でしてよ」

「そ、そうです……か？」

「ええ、もちろん。ベルナフィス家の功績は、わたくしもよく知っております。ベサント家は軍人一家ですから、そういう情報はよく入ってきますの」

ですが。そう言ってから、アゼレアはびしりと扇子を突きつけてきた。

「だからこそ、惜しい！　惜しいですわ！」

「へっ⁉」

「自信さえあれば、わたくしあなたを認めておりました！」

「そ、それは……申し訳ありません……」

「ですが、殿下はあなたをご所望《しょもう》とのこと。そのお気持ち、幼馴染として汲みたいと思うのです」

（……ん？）

何やら、雲行きが怪しくなってきたような。

その予想違わず。アゼレアは椅子を倒す勢いで立ち上がり、胸元に手を当てた。

「なのでわたくし――ルミナリエ様に教育的指導というやつをしたいと思いますわ！」

ババーン。

そんな幻聴が聞こえてくる気がする。

しかしそれよりも大事なのは、ルミナリエの中の警報がものすごい音を立てている点だ。

本能が、今すぐこの場から逃げろと言っている。

（こういうときの勘は、絶対に当たる……！）

そう思い逃げ出そうとしたら、それよりも早くアゼレアに捕まった。その素早さに、ルミナリエは恐れおののく。

「さあ、戦場へ行きますわよルミナリエ様！　具体的に言いますと、他の方と茶会しに参りましょう！」

「え、ちょっと待ってくださいましっ？」

「何を仰《おっしゃ》いますの、経験に勝るものはありませんわ。さあ、さあさあ！」

「え、え、いやー⁉」

抵抗する間もなく。ルミナリエはそのまま連行されたのだった。

＊

夜。椅子にぐったりと身を預けながら、ルミナリエはぼやいた。

「あれは鬼だわ、鬼教官だわ……」

「あれは、なかなかの鬼教官っぷりでしたね」

そう言うレレリラは、ルミナリエの足元に跪《ひざまず》き、プリュテの香油を塗っている。それと同時に、足の裏をぎゅうぎゅう揉んでいた。

足の裏にはいくつものツボがあり、揉めば体の調子が整うらしい。体作りはそのまま美容に繋がるので、毎日欠かさず揉んでもらっている。

レレリラがてきぱきと動くのをぼんやり見ながら、ルミナリエは瞼《まぶた》を閉じる。

（ほんっとうに疲れたけど……でも、嬉しかったな……）

友人が増えたことも嬉しかったが、それ以上に嬉しかったのはアゼレアの行動だ。

（まだ会ったばかりなのに、評価してくれて……色々してもらっちゃった）

正直言ってかなりの荒療治《あらりょうじ》だったが、それは期待の裏返しだとルミナリエは思う。

少なくとも、どうでもいい相手に対して世話など焼かない。それはつまり、アゼレアは目をかけてくれているのだ。

（……うん。明日も頑張りましょう！）

そう、自分に気合を入れたときだった。レレリラが部屋着用ドレスを用意していることに気づき、首を傾げた。

「あら、レレリラ。どうしてドレスを……」

「どうして、と申しましても。本日、殿下がいらっしゃるからですよ」

「……えっ？　私の番はまだでは⁉」

「アゼレア様が譲ってくださったとのことです。エドナ様やリタ様も同じようなので、会える機会が増えますよ。やりましたねルミナリエ様」

「全く全然やってないー！」

（そういうお膳立てをするときは、事前に説明してー！）

ルミナリエは悲鳴を上げた。完全に気を抜いていたのだ。ドタバタと慌てて支度をする。

なんとか支度を終えて見られる格好に着替えたら、タイミング良くノックされた。

『ベルナフィス嬢、わたしだ』

（き、きた！）

レレリラが扉を開けに向かう。

茶会ぶりに出会ったヴィクトールはなんと――花束を持っていた。

（………何故花束？）

思わず目を瞬かせていると、ヴィクトールがそっと花束を差し出してくる。

「贈り物だ」

「贈り物、ですか？」

「ああ。……アゼレアに、贈り物の一つも持っていかないのはナンセンスだと言われてしまってな」

（ああ……ものすごく言いそう……）

「なので花を持ってきてみたのだが……嫌だったか？」

不安そうな物言いに、ルミナリエはきょとんと目を丸くする。それから、慌てて首を横に振った。

「まさか、そんな！　お花、とっても嬉しいですわ」

「そうか、なら良かった」

花束を受け取る。その段階で、ルミナリエはようやく気づいた。

（あら、このお花……初日に殿下とお会いしたときに見ていた、ラナンキュラス？）

それはつまり。

「……殿下、その、付かぬ事をお聞きしますが」

「ああ、なんだ？」

「私が庭でしていた話を、聞いておいでで……？」

ヴィクトールは不思議そうな顔をして頷く。

「ああ。そういえばあの花のことを気に入っていたな、と思ってな」

パキッ。

さらっと告げられた言葉に動揺し、ルミナリエはうっかり花を凍らせかけた。

レレリラに花束を渡して難を凌《しの》いだが、ちょっとまずい。

（この方はどうしてそういうキザなことを、さらっと……！）

本人に自覚がないようだから、なお悪い。

そんな思いを堪えつつ互いに席に着いたら、ヴィクトールが質問してきた。

「そういえば、先日の庭でのことだが」

「は、はいっ？」

「プリュテの花というのは、なんだろうか」

ルミナリエは思わず、目を瞬いた。

(そういえば、そんな話もしていた気が……)

「ええっと、プリュテの花というのはですね。ベルナフィス領でだけ咲く、春の花なのです」

「ほう」

「花びらは六枚。咲き始めは雪のように白いのですが、夏が近づくと透けていきまして。そして夏の風が来ると同時に、空高く舞い上がるのです」

「そんな花があるのか」

「はい。私、そのときの光景が一番好きなのですっ」

ヴィクトールは純粋に、感心していた。その反応を見て、ルミナリエも嬉しくなる。

そこでルミナリエはレレリラを呼び、香油を持ってくるように言った。小瓶に入った香油を少し手に垂らし、立ち上がる。そしてヴィクトールのほうに、手を差し出した。

「こちらの香油は、プリュテの花から採った精油を使っておりますの」

空いているほうの手でパタパタと煽げば、ヴィクトールは「ああ」と何度か頷いた。

「この香りか。ならきっと、とても美しいのだろうな。わたしも見てみたい」

「……この香り、と仰いましたが、覚えがあるのですか?」

「……だってこの香りは、ベルナフィス嬢の香りだろう?」

(………………へっ?)

ルミナリエも目を丸くしたが、ヴィクトールもきょとんとしていた。

「わたしの記憶が正しければ、あなたからはいつもこの香りがしていたと思うのだが。……違ったか？」

「違いません、が……」

「なら、好きな香りだ」

ガッ。

テーブルを凍らせるのはなんとか防いだが、代わりに足をぶつけた。しかしルミナリエは何食わぬ顔をして椅子に座る。

「そ、それでしたら嬉しいです。一度、是非とも我が領地においでくださいませ」

「？　あ、ああ。機会があればそうしたい」

――それからもなんとか会話を繋げ、時間になった。ヴィクトールは部屋から立ち去る。

彼の気配が完全になくなったところで、ルミナリエは部屋全体に防音魔術をかける。無属性という、魔力があるものなら使える属性の魔術だ。

そこまでやってから――叫ぶ。

「そういうことをナチュラルに言うのは、本当にどうかと思うわ――⁉」

――その一方でレレリラは、自身の主人の奇行に生ぬるい目を向けていた。ただ気持ちは分かるので、今回は注意することもせずそっとしておく。

「これは、殿下のほうが悪いです」

普通の令嬢なら、あの一言で惚れてしまっている。しかしそんな話一度も聞いたことがないので、相当無口だったのだろうと推測する。

それが、ルミナリエと出会って表面化したのだ。なので、ヴィクトールが惚れたと言うのもあながち間違いではないのかもしれない。

本人たちが仕事人間すぎるので、真実は明らかではないが。

(王太子殿下の天然っぷり、恐るべしですね。あれがこれからもっと増えると思うと……ルミナリエ様の心臓が心配になります)

レレリラは自身の主人の行く末を憂《うれ》いつつ、そっと寝る支度を整えたのだった。

＊

それからというもの。ルミナリエの後宮生活は、大変慌ただしいものになった。

朝起きてスキンケア、それから軽く筋肉トレーニング。

昼食後に庭を歩き、そこから茶会という名の教育的指導を受ける。

そして夜は時折ヴィクトールと話して、親交を深める。そんな感じだ。

贈り物を必ず携えてくる辺り、ヴィクトールはとても律儀だ。しかしそのお蔭で、ルミナリエのことを本当に妃にしたいという想いも伝わってきた。

初めのうちは戸惑っていたルミナリエだったが、そんな生活を毎日すればさすがに慣れる。

そして、後宮生活が残り一週間を切った辺りで。ルミナリエはだいぶ自信を持てるようになっていた。

（アゼレア様の仰る通りだわ。経験に勝るものはないわね）

お蔭様で、肌と髪の艶も良くなった。生活が充実している証である。

ルミナリエは、ルンルン気分で茶会に行くための支度をする。今回の茶会は、ヴィクトールも出席するものだ。

（今日はお気に入りの、パステルブルーとカナリア色のドレスっ。それにパステルブルーとレースの手袋を合わせましょう）

姿見の前で一周し、自分の姿を確認する。

「……うん、大丈夫そう」

ハンカチーフも持ったし、日傘も問題なくある。

さあ、いざ茶会へ。

そう意気込み、廊下を歩いていたら――廊下の向こう側からぞろぞろと、誰かが歩いてきた。

先頭には赤い髪にアーモンドのような瞳をした少女がいる。その後ろには数名の取り巻きが付き従っていた。

まるで軍隊の行進のような光景に、ルミナリエは苦い顔をする。

（わあ……嫌な人に出会ってしまったわ……）

三週間も後宮で暮らしていれば、先頭で踏ん反り返っている少女が誰なのか嫌でも分かる。

ブリジット・マクディーン。マクディーン侯爵家令嬢だ。

性格を一言で言うなら、意地が悪い。彼女の存在は強烈で、事あるごとに令嬢たちといざこざを起こしていた。

しかし、その爵位が高いことも事実だ。そのためか、取り巻きを常に付き従え行動していた。

今日も真紅のドレスを着て、つり目をさらにつり上がらせ、刺々《とげとげ》しい空気を放っている。存在感が既に強烈だ。

ルミナリエは端に寄りつつも立ち止まらず、そのまま集団の横を通り過ぎようとする。しかし、ブリジットがそれを許してはくれなかった。

かつん。真っ赤な靴の踵《かかと》を鳴らし、立ち止まる。

「ちょっと、そこのあなた？　あたくしに挨拶《あいさつ》もせず、何通り過ぎようとしているのよ？」

ルミナリエは立ち止まり、くるりとブリジットのほうを向き直った。

「御機嫌よう、ブリジット様」

三週間みっちりアゼレアの教育を受けたお蔭か、笑顔も自然と浮かぶ。

だが、長居したくないのも本音だった。ルミナリエは、ドレスの裾をつまんで軽く礼をする。その後すぐさま立ち去ろうとしたが、目の前に取り巻きたちが立ちはだかった。

どうやらブリジットは、立ち去らせてはくれないようだ。

（予想通りだけれど、嫌な展開だわ……）

ブリジット恒例――気に入らない令嬢いびりである。

いじめる理由は大小様々。とにかく彼女にとって気に入らないことがあると、こうしていじめるのだとか。

通る廊下をもっと選ぶべきだったと、ルミナリエは反省する。ここはブリジットがよく使う大きくて広い廊下なのだ。

そうは言っても、もうどうにもならない。ルミナリエは改めてブリジットのほうを向く。

ブリジットは、真紅の扇子をルミナリエの顎に当てると、冷めた目を向けてきた。

「あらぁ、それだけ？　あたくしに対する、心を込めた謝罪はないわけ？」

「……謝罪をするようなことは、何もありませんけれど」

「はあ？　あたくしが歩いている廊下で、立ち止まりもせず横切ろうとしたのよ？　自分の立場をわきまえなさい」

（わきまえてないのはどっちよ……）

辺境伯位は、伯という字が付いているため伯爵位と同等と勘違いされやすい。だが実際は、侯爵位と同等、もしくはそれ以上の家格を持つ家なのだ。だからルミナリエがブリジットに挨拶する理由は、これっぽっちもないのである。

（でも、そんなこと言ったら火に油を注ぐわよね）

社交界に一度出ただけであまり活動していない身としては、ここで変な悪評を立てたくない。ルミナリエは押し黙る。

それを良いことに、ブリジットはせせら笑った。

「というより、何よその髪。白くて気持ち悪いわ」

(白じゃなくて銀よ)

「ドレスも地味な色ね」

(それはあなたが赤いドレスばかり着ているからでは?)

「それに、侍女も一人しか連れていなくて田舎臭《いなかくさ》いわ。共に帰る友人もいないのかしら?」

ルミナリエはぐっと喉を詰まらせた。

(それは……事実ね)

ルミナリエは、ベルナフィス領からあまり出たことがない。辺境ということもありベルナフィス領は田舎で、都会の情報が伝わってくるのも遅いのだ。冬場は雪が降るため、それが特に酷くなる。

そんな辺境に遊びに来る貴族はおらず、ルミナリエは貴族で同年代の友人を作れずにいた。こうして後宮に呼ばれなければ、それは続いていただろう。

だから、ブリジットからの指摘はルミナリエの心にぐっさり刺さる。

思わず俯きそうになっているときだ。

「――あら? あらあらぁ? 今日も無駄に派手なご衣裳をお召しになっていらっしゃいますこと」

誰かの声がした。よく通る、少女の声だ。この数週間、何度も聞いている。

それを聞いたブリジットは怪訝《けげん》な顔をして、ルミナリエの顎に当てていた扇子を開く。それを口元に当てながら、彼女は声のするほうを睨みつけた。

ルミナリエもつられてそちらを見る。

そこには、金髪に真紅の瞳をした麗しい少女が佇んでいた。

「こんな場所に何の用？　アゼレア・ベサント」

「それはこっちのセリフですわ、ブリジット・マクディーン」

アゼレア・ベサント。

彼女は、ブリジットと同じ真紅のドレスを着ていた。

だがブリジットと違い、従えているのは侍女一人。そんな状況にもかかわらず、アゼレアは堂々とした態度でブリジットに喧嘩を売っていた。

アゼレアはにっこりと微笑む。

「ルミナリエ様に絡むだなんて、あなたのほうこそどうかしているのではなくって？」

「……はあ？」

「彼女は辺境伯家のご令嬢ですわよ？　家格は侯爵位と同格、もしくはそれ以上ですわ。……ああそれとも、それすら知りませんでしたの？」

煽るような言い方に、ブリジットが顔を赤くする。

「そんなこと、知っているに決まってるでしょ！」

「なら先ほどの物言い、おかしくありませんこと？」

「ッ、家格は上って言っても、所詮は田舎者じゃない！」

「あらいやですわ、ブリジット・マクディーン。あなただって知っているでしょう？　――家格のほうが、大事でしてよ」

それを聞いたブリジットは、チッと舌打ちをしてルミナリエを睨んできた。はしたない。

「今日はこれくらいにしておいてあげるわ！」

（いや、もう二度と会いたくないのだけれど……）

だがそう思っている間に、ブリジットはドレスを翻《ひるがえ》した。そしてどすどすと靴音を鳴らしながら、廊下の向こう側に行ってしまった。その後ろを、慌てた様子の取り巻きたちが追っている。

一方のアゼレアは、呆れた顔をして肩をすくめた。

「相変わらず、小者ですわね。……ルミナリエ様、大丈夫でして？」

「はい、ありがとうございますわ。アゼレア様。とても困っていたので、助かりました」

そんなやり取りをしつつ、二人は並んで歩き出す。行く場所は同じく、庭だからだ。

歩きながら、アゼレアはため息をこぼした。

「ほんっとうにあの女、鬱陶《うっとう》しいですわ。態度ばかり偉そうで……殿下があの女を選ばなくて良かったです」

「……アゼレア様は、ブリジット様がお嫌いですか？」

「うふふ、嫌いだなんてとんでもない。目障りなだけですわ。目障りなので、見かけたらいつも蹴散らしておりましてよ」

（強い、色々な意味で強すぎる……）

思わず感心していたときだ。

「……ですけれど、今回絡まれたのはわたくしと仲良くしているからだと思いますわ。ごめんなさいね」

そう寂しげに微笑んだ。

「それって……アゼレア様が良く、ブリジット様をたしなめているからですか？」

「ええ、そう。ですから最近は、わたくしの友人に嫌がらせすることも増えてきましたの」

「な、なんですのそれは……あり得ません」

（それが貴族のやることなの⁉）

正直、信じられなかった。そして、そんなブリジットに一言も言い返せなかった自分にも腹が立つ。

「私、次お会いしたらビシッと言い返しますわ！　貴族令嬢としての自覚が全くない方に、とやかく言われる筋合いはありません！」

「あら……あらまぁ。ルミナリエ様がそんなにも怒るだなんて……いいですわ。その調子でしてよ！」

「ありがとうございます！」

（確かにこう思えるようになったのは、すごい収穫だわ）

熱弁を繰り広げながら、ルミナリエはブリジットに対する敵意を燃やしたのだった。

そんなこんなで、茶会の時間である。

ルミナリエは、ヴィクトールと向かい合って座っていた。現在二人きりだ。

他の三人はというと、邪魔しては悪いからと庭で花を眺めている。茶会のたびに三人は席を外して、よく二人きりにしてくれた。

今までは互いを知るための時間として使っていたが、今回は違う。

(殿下に、ちゃんと答えを言わないと)

ルミナリエはゴクリと喉を鳴らした。落ち着くために、紅茶を一口含む。

向かい側を見れば、ヴィクトールも紅茶を飲んでいた。彼がカップをソーサーに戻すのを見届ける。

(……よし、今だわ)

「あ、の。王太子殿下！」

「……ああ、なんだ？」

「私、そろそろ答えを出そうと思うのです。……今までお待たせしてしまい、申し訳ありませんわ」

「……そうか。分かった」

ヴィクトールが背筋を正す。

そんなヴィクトールのオッドアイをじっと眺めながら、ルミナリエは息を吸い込んだ。

「……私の、答えは——是非とも、お受けさせてください！」

ヴィクトールの目がまん丸くなる。だが数回瞬き、それからすごくホッとした顔をした。

「そう、か……それは良かった。……理由を聞いてもいいか？」

「はい。殿下が望む国を、私も共に見たいと思ったのです」

初めはふわふわと曖昧《あいまい》でしかなかった、ヴィクトールの夢。

しかしそれを実現できたら、ルミナリエのように苦しむ人間を減らせるのかもしれない。

（殿下の妃になれば、そんな素晴らしい目標に立ち会える。私はそれを、実現させたい）

アゼレアの言う通り、そのパートナーに選ばれたのは光栄なことなのだろう。

ルミナリエが考えていた結婚とは違う。だが妃業とはそういうものなのだろう。そう、仕事と同じだ。

（この結婚、恋愛感情を抜きにしたら……いけるはずだわ！）

ルミナリエは、上がりかけた心をなだめるために声のトーンを抑える。

「ただ……かくいう私はまだまだ若輩者で、殿下と並び立つことができておりません。ですが、殿下のとなりに並び立つためにも日々研鑽《けんさん》いたします。ですので……どうか、よろしくお願いいたします！」

そして、深々と頭を下げた。

（す、すっごくドキドキする……）

今までないほど、心臓がうるさく鳴っていた。

「……ベルナフィス嬢。顔を上げてくれ」

ヴィクトールの声に導かれ、ルミナリエは顔を上げた。

ヴィクトールは、とても真剣な顔をしている。

「わたしからも、あなたとの関わりを得て出た答えを言いたい」

「……はい」

「正直に言う。――やはりわたしには、恋愛感情というものは分からない」

（それはなんと言いますか。痛いくらい分かってます）

じゃなかったら、過程を飛ばして求婚したりはしないだろう。

「ただ、あなたのことはとても好ましいと思っている。そして何度も考えてみたが、妃に相応《ふさわ》しい才能をあなたは持っていると思う」

「……そう言っていただけるのは、嬉しいです」

「なので、そうだな……とりあえず、だ。……こちらこそ、よろしく頼む」

「はい、殿下！　――共に、国を良くいたしましょう！」

「ああ。あなたのことは、わたしが必ず守ってみせる」

（だから殿下、そういうこと言うのはどうかと）

無自覚に甘く聞こえる言葉を吐くのは、心臓に悪いのでやめてほしい。

そう思いつつ、ルミナリエは立ち上がった。ヴィクトールも立ち上がる。

がっしり。二人はお互いの手を握った。

（うん、なんだか思ってたのと違うけど！　こっちのほうが、私っぽい気がする！）

交渉成立、と言ったところだろうか。

――そんなこんなでルミナリエは無事、妃になる決心をしたのだった。

＊

「いやー。……言えて良かったわ」

ぼふりと、ルミナリエはベッドに仰向《あおむ》けに倒れ込む。

レレリラは穏やかな笑みを浮かべつつ、ルミナリエの足をマッサージし始めた。

「お疲れ様です、ルミナリエ様。そして、おめでとうございます」

「ありがとう、レレリラ。ちょっと思ってた結婚と違うけど、でも私頑張るわ！」

「不肖《ふしょう》レレリラ、お供させていただきます」

足はレレリラに任せつつ、ルミナリエは自身の爪に香油を塗る。こうすると、爪がつやつやになるのだ。頭の先から爪先《つまさき》まできっちり美容に気を遣う。

ぐいぐいふくらはぎを揉んでいたレレリラは、ふと呟いた。

「色々ハプニングもございましたが、ルミナリエ様が幸せへの第一歩を踏み出したようで。わたしとしましては、嬉しい限りです」

「あら、どうして？」

「どうしてと言われましても……まず初めに、ご友人ができましたでしょう？」

「ええ、そうね。当初の目的達成だわ」

「はい。それだけでなく、ルミナリエ様のことを理解してくださる結婚相手も見つかりました」

「そうね。今思えば……他の殿方と結婚するより、すごく充実した生活を送れそうだわ」

「はい。わたしはそこが嬉しいのです。わたしも奥様も、そこを懸念《けねん》しておりましたから。できれば生き生きと幸せになって欲しいと、ずっとそう思っておりました」

「……レレリラだけじゃなく、お母様も？　全く知らなかったわ」

「奥様は、そういうことはあまり仰《おっしゃ》りませんからね。ですがルミナリエ様のことは、いつだって気にかけておいでしたよ」

「……それは知ってるわ」

ルミナリエの母親は厳しかった。だがそれは、ベルナフィス領で生きるために必要不可欠な厳しさだ。

貴族令嬢として恥ずかしくないような教育をたくさん受けてきた。そしてその厳しさと同じくらい、母親は子供たちには甘かった。それはもう、砂糖菓子のように。

（誕生日は必ず自ら狩りに出かけて食材を獲ってきていたし。それにプレゼントも、いつも数ヶ月前からこそこそ用意してたもの）

ただ、そんな母にそこまで心配をかけていたとは思わなかった。そういう意味でも後宮にこれて良かったのかもしれない。でなければ、友人を作る機会もヴィクトールとの縁もなかっただろうから。

そう思い、目を瞑《つむ》っていると。

バーンッッ！

凄まじい音がすぐ近くから聞こえてきた。

「はっ⁉」

「今のは……」

ルミナリエは飛び起き、枕元に忍ばせておいた短剣を握り締める。ついでに上着を着て、最低限の身だしなみを整えることも忘れない。ネグリジェ姿で誰かと鉢合わせるなど、彼女の中の淑女的思考が許さないのである。

レレリラもスカートをめくり、太もものホルスターに収めてある折りたたみ式の棍棒《こんぼう》を伸ばし、構えた。

二人は揃って扉の横に立ち、互いに目配せする。

『ルミナリエ様、開けます』

『いいわよ』

一拍空け。

レレリラが勢い良く、ドアを開けた。

「明かりよ、灯れ！」

そう唱えれば、部屋の明かりが一斉につく。唱えれば明かりがつく照明魔導具は便利だ。こうして目くらましとしても使える優れものである。

中から「ぎゃあ！」という悲鳴が聞こえるのと同時に、ルミナリエはとなりの部屋へ飛び込んだ。

そこには、みすぼらしい格好をした男がいた。

ボロ服の男は、目元を押さえ唸っている。

鍵付きのドアは盛大に壊されていた。先ほどの音はどうやら、ドアが壊されたことによるものだったようだ。

（窓辺にいる辺り、あそこから逃げようとしたのかしら）

しかしそうはさせない。こんな時間に侵入してきた不審者を逃がすほど、ルミナリエの心は広くないのだ。デリカシーのかけらもない行動に割と怒っていた。

ルミナリエは一瞬で距離を詰め、頭部を短剣の柄で殴る。

侵入者が床に転がったところで、床めがけていくつもの氷の槍を突き立てた。身動きが取れないようにする、簡易の檻《おり》のようなものだ。

「な、なんだ、これ！」

「なんだ、ではないわ。よくもまぁこんな場所に侵入してこられたものね。淑女の部屋に無断で入るだけじゃなくドアまで壊すなんて、野蛮の極みだわ」

「う、うるせえ！　出せ！　オレはようやく牢屋から出られたんだよ！　ここで逃げなきゃ捕まる！」

「……は？　牢屋？」

ルミナリエが思わずぽかーんとしていると、騒々しい足音が近づいてきた。足音は複数あり、どこか焦っている様子だった。

警戒したレレリラが棍棒を構えながら、ルミナリエの前に立つ。

入ってきたのは――ヴィクトールを含めた、軍人たちだった。

軍人たちは皆剣を腰に差し、手に銃を持っている。明らかに何かを警戒した装備だった。

「失礼する。ベルナフィス嬢、怪我はないか？」

「え？　はい、まぁ、この通り」

上着の前を掻き抱きつつ、ルミナリエは頷く。

そしてレレリラに武装を解除するように言い、端に下がらせた。

ヴィクトールは侵入者がいるのを見ると、部下たちに命じ捕まえるように言う。彼らが捕まえるタイミングに合わせて魔術を解いたものの、何がなんだか分からない。

（これ、一体どういう状況？）

侵入者の男は『牢屋』という言葉を使っていた。その言葉から連想するに、男は脱獄犯と見ていいだろう。

逃げ惑った挙句《あげく》、後宮に入り込んでしまうのは、なんとも愚かしい。だが王宮は広いので、ありえない話ではないだろう。

だがその件でヴィクトールが出てくるのは、なんだか違和感があった。

悶々と考え込んでいると、ばさりと肩に何かかけられる。

見れば、軍服のジャケットだった。

思わず顔を上げれば、オッドアイの瞳と目が合う。

ヴィクトールの格好がシャツ一枚になっている。ルミナリエはそこでようやく、彼がジャケットを肩にかけてくれたことに気づいた。

　ヴィクトールは申し訳なさそうに顔を背けた。

「夜の、しかも女性の部屋にこのような形で入ってしまい、申し訳ない」

「い、いえ……」

「だが少し事情を聞きたい。それにこの部屋は鍵が壊されて使えないので移動してもらうことになる。……窮屈だろうが、少しの間それで我慢してほしい」

「あ、ありがとうございます、殿下。ご配慮、痛み入ります」

（こ、こんな格好で殿下にお会いするなんて、恥ずかしい……！）

　上着の前をかき合わせながら、ルミナリエは俯いた。だがヴィクトールの様子が気になり、様子を窺う。

（……あ、ら？　気のせいかしら……殿下の頬、赤い気が）

　もしかして照れているのだろうか。

（いやいや、あの殿下に限ってそんな……）

　もう一度見てみたが、いつも通りのヴィクトールだった。どうやら幻でも見ていたようだ。

　だけれど、ルミナリエの心臓はうるさく鳴っている。

　上着を貸してくれたのもある。だがそれ以上にドキドキしたのは、ヴィクトールの立ち位置だった。

　ルミナリエのことを隠すかのように、立ってくれている。

移動する際も、周囲の視線を気にして端に寄せてくれた。

（侵入者が入ってきたときはとても落ち着いていたのに。なのになんでこんなにも、心臓がうるさく鳴ってるの……！）

ジャケットの前をぎゅうっと掻き抱きながら。

ルミナリエは唇をこっそりと噛み締めた。

それから新たな部屋に移動したルミナリエは、ヴィクトールから話を聞かれた。

どういう状況であのような行動を取ったのか。また侵入者に何かされたり言われたりしなかったか、という基本的な質問をされる。特に躊躇《ためら》うようなことでもなかったので、ルミナリエは淡々と答えていく。

ヴィクトールもかなり事務的な対応だったので、ルミナリエとしてはとてもやりやすかった。

その質問の中で彼が唯一反応を示したのは、「侵入者が言っていた言葉」だ。

『牢屋』

その単語に一瞬ぴくりと眉を上げ、ヴィクトールは少し考え込むような表情を見せた。

しかし特に何か言うようなこともなく、最後に一言だけ言う。

「この件は、他言無用でお願いしたい」

ルミナリエはそれに対し、ただ一言「はい」と頷いた――

三章　おてんば辺境伯令嬢、友人のために奮闘する

その事件から、早三日。

ルミナリエは後宮ではなく、王都にあるベルナフィス家のタウンハウスにいた。

結局あの侵入者の一件のせいか、ルミナリエを含めた令嬢たちは実家に戻されたのだ。

ルミナリエとは違い詳しい事情を知らない令嬢たちはとても不服そうだった。が、「身に危険が及ばないように」という理由だったので仕方がないと思ったのだろう。全員素直に後宮から出ていった。

ルミナリエがタウンハウスに残ったままなのは、国王や王妃との顔合わせがあるから。そして、婚約発表式の打ち合わせがあるからである。

（あれからもう三日も経ったのね……）

三日経っても、ルミナリエの中にあるもやもやは晴れなかった。

しかし、この感情はルミナリエの私的なものだ。それをヴィクトールに聞いて困らせるほど、彼女はそういう事情を理解していないわけではなかった。

なのでルミナリエは、個人的に調べることにしたのである。

朝食を食べ終わったルミナリエは私室に戻り、レレリラが持ってきた新聞に目を通す。

(『有名劇団の公演初日』『ベーレント帝国との睨み合いが続く海域』……)

王都はやはり情報が集まりやすいようで、様々な記事が書かれている。

記事一つ一つを丁寧《ていねい》に読み終えたルミナリエは、新聞をばさりとテーブルに放り投げた。

「やっぱり、何も書いてないわね」

何も、というのは、後宮に現れた侵入者の事件についてである。

あれだけのことがあったにもかかわらず、記事になっていなかった。ということは、王宮側が意図的にあの事件を隠しているということだろう。

ルミナリエは椅子に座ると羽根ペンを取り、紙に今日得た情報をまとめた。そのテーブルには別の紙が積み重なっており、報告書のようにまとめられている。

本来ならば、一介の令嬢が調べるようなことではないかもしれない。だが、何かがルミナリエの心に引っかかった。

羽根ペンをペン立てに立てたルミナリエは、今までの資料をテーブルの上に並べていく。そしてぶつぶつと、気になった点を口にした。

「第一に、後宮に侵入者が入ったということ」

その場合の侵入経路は二つ。外から侵入したか、もともと中にいたかだ。

(普通考えたら外からというのが一般的でしょうけど……場所が王宮っていうのがネックね)

ルミナリエは窓を見た。そこからは王宮が見える。

一般人が見れば城壁が高い以外の防衛方法はないかもしれない。だが魔術師なら、幾重にも渡り張り巡らされている防衛魔術に気づくだろう。

（もし侵入できたとしても、後宮にまで来られるとはどうしても思えないわ）

なので今回は、「もともと中にいた」ということを前提として考えを進める。

「第二に、王太子殿下が自ら動いたということ」

このことから考えられる可能性は二つ。緊急性が高かったか、近くにいたかだ。

（私のことを心配して、という可能性もあるけど。さすがにそれは自意識過剰すぎるしね。しかも殿下だし！）

よって、この可能性は最初から捨てることにする。

（なので二つに絞られたわけだけど。これはどちらも可能性があるから、保留にしましょう）

あの日も、ヴィクトールは他の令嬢と会っていたはずだ。なら、緊急性があったからとまでは言えない。

「第三に、侵入者が発した『牢屋』という言葉」

この単語が一番ヒントになると、ルミナリエは思っていた。

「そして最後に、国民には公表されていないという点」

（これらを繋ぎ合わせた結果考えられるのは……後宮に入ってきた侵入者は脱獄犯だったから。それなら、王宮側が公表しない理由も分からなくもないわ）

地下牢から囚人が逃げ出したなど、王宮側からしたら一大不祥事《スキャンダル》だ。

だけれど。

ルミナリエはこつんと、指先でテーブルを叩く。

「……脱獄犯は、あの男一人だったの？」

そこが疑問だった。

だってルミナリエが捕まえた男は、その手首に魔術封じの封印具が付けられていたからだ。

脱獄というのは、そう簡単にできるものではない。魔術師は魔術が使えないように拘束具が付けられるし、物理的な拘束もするのだ。どう考えても、あの男にそれが可能とは思えない。

なら考えられる可能性は一つ。

『外から来た人間が、脱獄を手引きした可能性』だ。

(手引きしたからには自分が捕まらないように必ず外に出そうとするはずだわ。単独で行動するとは思えない。そう考えると、本当の脱獄犯はあの侵入者ではないわね)

脱獄させたのに捕まるなど、徒労も良いところだ。

(と考えると、あの男は、囮《おとり》として外に出されたのかもしれない)

そうすれば、軍人の多くが囮に惑わされるだろう。それは本命を逃がすための隙になる。

(しかも、誰が逃げたのか判明するのが遅くなるものね。時間稼ぎもできるわ)

その鮮やかな手練に思わず感心してしまう。

となると問題は「なら一体誰を出そうとしたのか」だ。

「うーん、全く分からないわ……」

ルミナリエはぐったりと、テーブルの上に突っ伏した。

（これだけ情報があるのに、肝心のそこが分からないなんて！）

これでは、気になって気になって夜も眠れない。

「あー！　睡眠不足は美容の敵なのに！　隈《くま》ができたらどうしてくれるのよ‼」

思わず、八つ当たりのような愚痴が漏れた。

それなら気にしなければいいだけのこと。そう分かっているものの。

（私は王太子妃になるのだから、知らないと）

そんな責任感から、ルミナリエは抜け出せないでいた。

一人で悶々と考えていると――かちゃりと、ドアが開く音がした。

ルミナリエは目を見開き、紙山の中からペーパーナイフを抜き出す。そしてそれを、指先で弾くように背後に向かって投げた。

それとほぼ同時に立ち上がり、後ろを向いたまま椅子を勢い良く蹴る。くるりと踵《きびす》を返したルミナリエは、そこにいた人物を見て肩の力を抜いた。

「お母様……入るときは一声かけて」

「あらぁ、ごめんなさい。ついうっかり」

そこには、舌をちろりと出しながらペーパーナイフを指二本で挟み取り、もう片方の手で椅子を押さえる女性の姿があった。

ミリーナ・グラース・ベルナフィス。

白銀の長髪に氷色の瞳をした、ルミナリエの母親だ。ルミナリエが王太子妃に選ばれたことで、呼び出しを食らったのである。

どうやら先ほど、タウンハウスに到着したらしい。数日前に手紙をもらっていたが、到着が予想より早かった。

ミリーナは、ルミナリエととても良く似ている。いやこの場合、ルミナリエがミリーナに似たというべきか。

色彩は同じだし顔立ちもほぼ同じ。違いといったら、ミリーナのほうがキリリとした目元をしているところと雰囲気がとても鋭いところだろう。

気の抜けるような笑顔、そしてふんわりと間延びした口調。この二点があるため勘違いされやすいが、ミリーナはかなりの切れ者なのだ。

(その見目を態度で軟化させている時点で、とってもすごいのだけれど。……初見の人は大体騙されちゃうのよね)

そこがミリーナの素晴らしい点であり、恐ろしい点でもある。

ミリーナはペーパーナイフを振りながら、くすくすと笑った。

「だけれどお母様、嬉しいわぁ。ルミナリエちゃんがちゃんと成長してるって分かったもの」

「……もしかして毎回ノックをしないのは、それが理由なの？」

「当たり！」

満面の笑みを浮かべて、ミリーナが抱き着いてくる。

「ルミナリエちゃんに会えて嬉しいわー！」

ぎゅうぎゅうと抱き締められながら、ルミナリエはため息をこぼした。

そう。この母、子供のことになるとだいぶ雰囲気が変わる残念な人なのだ。

（普段は前線で男顔負けに戦う、優秀な軍人なのに……）

この二面性も、ミリーナの特徴といっていいだろう。

抱き締められつつ、ルミナリエは質問する。

「お母様、お父様は下にいらっしゃるの？」

「いないわよ？」

「……え、一緒に来たのよね？」

何やら嫌な予感がする。

するとミリーナは、満面の笑みを浮かべ言い放った。

「ルミナリエちゃんに早く会いたかったから、隣町に置いてきちゃった！」

「お母様あああ‼」

（またそうやって勝手なことを！）

どうりで、ドレスでなく軍服を着ているわけだ。

つまりこの母、馬を駆ってここまでやってきたのである。

「え、じゃあお父様は⁉」

「馬車苦手だから、酔っちゃってね？　体調崩しちゃったのよ。だから多分まだ隣町にいるんじゃないかしら～」

「最悪じゃない！」

ルミナリエの父は、割と虚弱だ。なので、馬車が苦手だったりする。

ただでさえ馬車が苦手な父が、辺境から王都までの道のりを耐えられるか。まあ無理である。

問題は、置いていったという点だ。

「お父様、大丈夫なの⁉」

「使用人たちはわたくしの侍女を除いて全員置いていったし、大丈夫よー」

「王族の方々に会うまでに来られる？」

「その辺りはちゃんとしてるから、大丈夫。お父様を信頼しなさい？」

「た、確かにそうだけれど……」

虚弱ではあるが、ベルナフィス領を管理しているのは父だ。性格は神経質といっていいほどしっかりしている。いざというときは参謀役として作戦を練《ね》る彼の手腕は、見事なものである。

そんな父であれば、這ってでも予定日までに来るかもしれない。が、なんだかそれは違う気がする。ルミナリエは、心の底から父親が不憫《ふびん》になってきた。

ルミナリエも尊敬しているし、自身の母を誇りに思っている。だが、こういう場面に出くわすとなんとも言えない気持ちになるのだ。

ルミナリエは遠い目をしつつ父に思いを馳せる。そんな彼女のことをひとしきり抱き締めたミリーナは、あ、と声をあげた。

「そうだわ、ルミナリエちゃん。お客さまがいらっしゃってるって言っていたわ」

「お客様？　会う予定はないのだけれど、誰かしら」

「ええっとねえ……王太子殿下の補佐官だって言っていたわ。何か話したいことがあるんですって。客間に通しておもてなししていると思うわ～」

「……そういうことはもっと早く言って！」

ミリーナに身を任せてハグをしている場合ではなかった。

ルミナリエはレレリラを呼び、慌てて身だしなみを整えたのだった。


ドレスを着替えたルミナリエは客間に足を踏み入れた。

「お待たせいたしました。ベルナフィス家へようこそおいでくださいました」

ドレスの裾をつまんでぺこりと頭を下げる。

そこには、ミルクティー色の髪と飴色の瞳をした私服姿の青年がいた。軍服姿ではないのでぱっと見では分からなかったが、少しして気づく。

（王太子殿下と戦ったとき、観戦者としてあの場にいたうちの一人だわ）

服装を変えただけでここまで雰囲気が変わるとは驚きだ。

ルミナリエが変なところで感心していると、青年は柔和《にゅうわ》な表情を浮かべながら立ち上がる。そして、優雅に一礼した。美しい所作《しょさ》に目を奪われる。

「こうして話をするのは初めてですね、ベルナフィス嬢。僕はフランシス・アルファンと申します。

ヴィクトール殿下の補佐官をしている者です」

「ご丁寧にどうもありがとうございます、アルファン様」

「ベルナフィス夫人も初めまして。お噂に違わぬお美しい方ですね」

「あらあら、随分と口が上手いのねえ。アルファン伯爵家の御令息は。どうもありがとう、とても嬉しいわ」

ルミナリエはぎょっとして背後を見た。そこにはなんとミリーナがいる。

いつの間に着替えたのか、ちゃんとドレスを着ていた。

(こ、行動が早い……)

ではなく。

『なんでいるの⁉』

『なんでって。ルミナリエちゃんを、年頃の青年と二人きりにしておくわけにはいかないでしょう?』

(た、確かにそうだけれど……)

年頃の令嬢が、婚約者でもない男性と二人きりになるのはご法度《はっと》だ。そんなことは知っている。

『一人じゃないわ。使用人はちゃんと残します！』

『それは分かってるわよ~でも保護者がいた方が良いでしょう？　それにわたくしも、お話に興味があるし』

ベルナフィス家の親子は、お互いに顔を見合わせニッコリ笑う。しかしその実、二人は視線のみで話をしていた。

ルミナリエとしては、内容が内容なだけにあまり参加させたくない。だが、どうすればミリーナが引いてくれるのか、いい案が思い浮かばず出遅れる。

その隙に、ミリーナが先手を打った。

「わたくしも参加して良いかしら？」

「ええ、もちろん。むしろ僕としては、夫人にもお話しておこうと思っていました。ただ国の信用問題にもなりますので、他言無用ということでよろしくお願いします」

「もちろんよ」

（また勝手に話を進めて……！）

ルミナリエは内心頭を抱えつつ、フランシスの向かい側の椅子に腰掛ける。そして一度、頭を整理させた。

（殿下の代わりに側近の方が来たということは……それ相応の事情ということよね）

ヴィクトールは王太子だ、彼が動くと事態が大ごとになる。しかし急を要する大事な話なので、代わりにフランシスが来たのだろう。

それを感じ取り、ルミナリエの中の緊張が一気に高まる。

全員が席についたところで、フランシスがルミナリエを見た。

「単刀直入に用件を言います。ベルナフィス嬢。先日後宮で起きた事件は覚えていますよね？」

「はい、もちろん」

「ならば良かった」

そして一度ミリーナのほうを向き、

「……実を言いますとベルナフィス夫人。ベルナフィス嬢が後宮にいる間、ベルナフィス嬢の部屋に侵入者が入るという事件があったのです」

そう説明した。

ミリーナは「まあ」と頬に手を当て驚く。

「大切なお嬢さんを危険に晒したこと、誠に申し訳ございませんでした」

フランシスはミリーナに、ルミナリエを危険に晒したことを謝罪する。

するとミリーナが目を合わせてくる。

『そうなの？』

『う……はい』

『で、その侵入者はどうしたの？』

『迅速に捕まえました』

『なら宜《よろ》しい』

わざわざ謝罪してくれたフランシスには悪いが、ミリーナが気にする点はそこである。そのため
「いいのよ～」と笑って流した。

フランシスはその対応に、ほっとした顔をした。それからルミナリエのほうに向き直る。

「今回はその件で、ベルナフィス嬢にお願いがあってこうしてやってきました」

「お願い、ですか」

ルミナリエはじっとフランシスを見る。彼は先ほどと変わらず、穏やかな笑みを浮かべていた。しかし何度見ても隙がない。流石《さすが》、代々有能な参謀を軍に輩出しているといわれているアルファン伯爵家の嫡男《ちゃくなん》だ。

「そのお話、聞いてしまったのでしたら必ず受けなくてはいけない類《たぐい》のものでしょうか？」

「いいえ。ベルナフィス嬢に決めてもらって構いません。ただこれは、僕からというよりも殿下からのお願いですので……それはお忘れなく」

「……分かりましたわ。どうぞお話しくださいまし」

瞬間、フランシスの笑みが先ほどよりもより一層深いものになった気がした。

彼はミリーナに対する説明も交えながら、ことのあらましを告げる。

「では、遠慮なく。――ベルナフィス嬢ならばなんとなく悟っていると思うのですが、先日の一件は脱獄犯が起こしたものです。しかし彼は主犯格ではなく、囮として外に出されたうちの一人でした」

「そうだったのですね」

「はい。脱獄犯はもちろん捕まえて再度牢に閉じ込めてあります。しかしその中に一人、捕まえられていない人間がいるのです」

「……どなたでしょう？」

「ベルナフィス嬢なら、分かると思いますよ。彼が捕まったのは、あなたが理由ですから」

(私が理由……?)

一瞬考えたが、すぐにピンときた。

「もしかして、チェルノ・バルフでしょうか」

「はい、そうです」

(よりにもよって、あの男なの⁉)

まさかまさかの人物に、ルミナリエは内心怒りをたぎらせた。エドナを泣かしたチェルノという男を、ルミナリエはいまだに許していなかったからだ。

そんなルミナリエとは裏腹に、フランシスは淡々と説明を続ける。

「チェルノは、軍人のふりをして後宮に侵入しエドナ・グランベル嬢と接触。ベルナフィス嬢の手で気絶した後、衛兵に捕縛されました」

(そこまでは、私も知っていることね)

「その後バルフ子爵が『息子を解放しろ』としつこく言ってきていたのです。が、被害者の父親であるグランベル伯爵がそれはもうひどく怒っていましてね。未だに釈放されていなかったのです」

(娘にトラウマを植え付けた男だもの、当然だわ)

「あの事件はそんなときに起こりました」

「……つまりそれは、バルフ子爵が第一容疑者ということですか?」

「一応は。ですが残念なことに、実家にはいなかったのですよ」

ルミナリエは愕然とする。

「そんな……チェルノ・バルフは見つかっていないのですか？」

「はい。恐ろしいことに、見つかっていません。しかもバルフ家捜索後、バルフ子爵家の人間全員が姿をくらましたのです」

ルミナリエは思わずしかめっ面《つら》をしてしまった。完全に黒だ。バルフ家は一体、裏で何をしていたのだろうか。

しかし、だ。

バルフ家を悪人と仮定しても、チェルノが逃げおおすのは至難の業《わざ》だ。王宮の警備は固い上に、魔術による網が幾重にも張り巡らされている。そこをくぐり抜けて外に出ることは、ほぼ不可能に近い。

だがチェルノはそれをやってのけたという。

何者かの手を借りて。

すると、ミリーナがふんふんと頷き始めた。

「なるほどなるほど。つまりあなたは、手引きした人が誰なのかを明確にするために、ここにいらしたのね」

「はい、そういうことになります。チェルノを手引きしたということは、彼となんらかの形で面識がある人間でしょう。僕たちは現在そのための下調べをしているというわけです」

フランシスの引っかかる言い方に、ルミナリエは眉をひそめた。

ルミナリエが知っている範囲で、チェルノと面識があるのはただ一人。その名前を、ルミナリエは恐る恐る口にする。

「……もしかして、エドナ様を疑っているのですか？」

「これはこれはベルナフィス嬢。話が早い」

嫌な予感が的中した。

（この男、さいってい……！）

ルミナリエはフランシスに食ってかかった。

「エドナ様は今回の被害者です。彼女がチェルノに手を貸すとは到底思えませんわ」

「ですがそれが演技だという可能性もある、ということです」

「それは……！」

ルミナリエが感情的に反論するより先に、フランシスは言葉を続ける。

「考えてみてください。先日の王宮内で唯一違った点があったとすれば、それはなんです？」

「……王太子妃選びのために、たくさんのご令嬢方が後宮にいたということですわ」

「その通りです」

（教師みたいな言い方だわ……むかつく）

しかし、正論であるというのも分かっていた。なので言葉が続かなくなる。それを良いことに、フランシスの語りは続く。

「なら、その中でも繋がりの深いグランベル嬢が最有力候補なのは自明の理でしょう。そして彼女なら、牢屋からチェルノを逃し自身の部屋で隠しておくこともできます。令嬢たちの部屋までは捜索していませんからね」

（確かに、その可能性はあると思うけど……）

「その翌日、令嬢たちは各自支度をして後宮を後にしました。このときにチェルノも運べば、完全犯罪の完成です。女性の荷物は多いですから、ひと一人くらい隠せるでしょう？」

エドナをはなっから疑ってかかるその口調に、カチンときた。

「……ああ、もしかしたら、グランベル嬢のご友人方も手を貸していたのかもしれませんね」

（それって、アゼレア様やリタ様も疑ってるってこと⁉）

三人は、初めてできた友人だ。ヴィクトールとの件でもかなりお世話になった。そうでなくても、ルミナリエは三人がそんなことをするとは思えない。

ルミナリエは刺々《とげとげ》しい口調でフランシスに言い放つ。

「ですがそれならば、他の令嬢方にも同じことはできるはずです。もちろん、私も」

「そうですね。ですがベルナフィス嬢。あなただけは例外ですよ」

「……それはなぜです？　私が殿下の妃に選ばれたから？」

「そんな理由ではありませんよ」

フランシスはくすくす笑った。

「ベルナフィス嬢は、侵入者がドアを壊したために部屋を替えているではありませんか。あれではチェルノを隠しておけません」

「……あ」

「その後に与えられた部屋とて、あなたが選んだものではなくこちら側が選んだものでした。よってベルナフィス嬢は、候補から除外されるということです」

（なるほど、その通りだわ）

悔しいが、正しいので納得してしまった。ものすごく合理的な考えである。

だがしかし、エドナの疑いが晴れたわけではない。

それどころか、エドナだけでなくアゼレアやリタにまで疑惑がかけられているのだ。

後宮で出会った彼女たちをそこまで信じるなど馬鹿馬鹿しい、と言われるかもしれない。

しかしルミナリエは馬鹿正直で、一度信じた人間は最後まで信じきるという思考の持ち主だった。

それは、彼女が自身の直感を信じているからだ。

だから、彼女たちが疑われているなんて我慢できない。

ふつふつとたぎるものを感じつつ、ルミナリエは笑みを浮かべた。今まで、他人にこんな顔をしたことはないかもしれない。

（今きっと私、ものすごく邪悪な顔してるわ）

でも、今はそれが心地好いとすら感じる。

「アルファン様。王太子殿下は、犯人を見つけ出したいとお考えなのですね？」

「その通りです」

（それはつまり、今までの意見が殿下の意見ということよね）

「なのでできる限り、候補を減らしたいのですよ。そのお手伝いをベルナフィス嬢にお願いできた

ら、などと僕は考えています。僕らが行くよりも、警戒されませんから」

「……分かりましたわ。そのお話、お受けいたします」

ルミナリエはフランシスをキッと睨む。

そして一言一言はっきりと、言葉を口にした。

「私が、エドナ様、アゼレア様、リタ様の無実を証明してみせます」


フランシスが帰った後、ルミナリエはリビングで正座をしていた。

その真ん前には、輝かしいばかりの笑みをたたえた母の姿がある。

そのあふれんばかりの笑みから目を逸らしながら、ルミナリエはだらだらと冷や汗をかいた。

レレリラに叱られたときもこの体勢だった。――そう。これが、ベルナフィス家恒例のお説教スタイルである。

「……ねえ、ルミナリエちゃん？　あなた、まんまと彼に乗せられたってこと、分かってる？」

「……はい、分かっております……」

「かんっぺきに掌《てのひら》の上で転がされていたこと、分かってる？　ころっころだったわよ？　そばで見ているわたくしにも分かるくらい、ころっころだったわよ？」

「はい、はい……アルファン様の口車に乗せられカッとなり、ころころされてしまいました……。

そのことは、とても反省しております……」

ミリーナがこんなにも怒っている理由は、ルミナリエも分かっている。

冷静さを欠き、感情で最終決定をしてしまったからだ。

(ほんとなんていうか……我ながらほんと馬鹿だわ)

昔から、頭に血がのぼると突飛な行動を取ってしまう。そのせいでじゃじゃ馬と呼ばれることもしばしばだ。

この世の終わりのような気持ちで、ルミナリエはどんよりとうなだれる。

するとミリーナは、そっとルミナリエの頭を撫でる。

顔を上げれば、ミリーナが困ったような笑みを浮かべていた。

「だけれど、別にルミナリエちゃんに不利になる条件ではなかった。それに……ルミナリエちゃん。あなた、そんなにも大切な友人ができたのね」

「！　そ、そうなの！　みんな、とっても大切な友人なのよ！」

「そう……それなら良かったわ。お母様、嬉しい」

「お母様……」

「わたくし、ルミナリエちゃんのそういうところが良いところだと思っているのよ？　誰かのために熱くなれる人間は、戦士に向いているから」

「……本当？」

「もちろん」

(お、お母様に認めてもらえたわ……！)

思わず舞い上がっていると、ビシッとミリーナが人差し指を突き付けてくる。

「だけれど、ちゃんとコントロールできるようにならないといけないわ。コントロールできてようやく一人前だもの。それはルミナリエちゃんも分かってるわよね？」

「うっ……はい……」

ルミナリエは頷いた。王太子妃になるのだから、その点は重点的に鍛えなければいけないだろう。

「よろしい。これでお説教はおしまいです」

「はい。精進《しょうじん》いたします」

ミリーナのお許しをもらったルミナリエは、レレリラの手を借りて椅子に座った。足がしびれすぎて、痛いとかそういう状態じゃない。

ミリーナも向かい側の椅子に座り、使用人に紅茶を淹れてくれるように頼む。

背もたれに寄りかかりながら、ミリーナが鼻歌を歌った。

「でも、あの子なかなかの策士ねー。さっすが王太子殿下の補佐官って感じだわ」

「……お母様から見ても、アルファン様はすごいの？」

足を揉みほぐしつつ、ルミナリエは首を傾げる。はじめのうちは感覚がなくなっていたがだんだんとピリピリしてきて、思わず顔をしかめた。だけれど割と正座をすることはよくあることなので、これくらいなら気にしなくなっている。

痛みに百面相をするルミナリエを見て、ミリーナは頬杖をつきながら微笑んだ。

「そうね。優しい顔してなかなかの腹黒だと思うわ。煽《あお》り方なんかすごかったもの」

「あの言い方、嫌い」

「感情的にならないの。うーん、そうね……知略に関してはまだなんとも言えないけれど。相手の痛いところを衝《つ》いて煽りに煽り、相手の行動を上手い具合に誘導する技は見事だわ」

（お母様に褒められてる……うー余計腹が立つわー！）

「そのくせベルナフィス家を一度たりともこき下ろしたりしなかった。それってすごく難しいことだもの。将来の宰相《さいしょう》にふさわしい性格してると思うわよ」

そんな人が味方で嬉しいような、むかむかするような。

「……まあもっちろん、うちの夫ほど優秀ではないけれどねえ～！」

「最後に惚気《のろけ》ないで」

しかしミリーナの言う通りである。フランシスは優しい好青年のような顔をしているが、中身はかなり腹黒かった。今思い出しても、ふつふつと怒りがこみ上げてくる。

（見てなさい。目にもの見せてやるんだから！）

淑女としてはどうかと思うが、次会ったときは是非手合わせしたい。そして物理的にボッコボッコにしたい。

頭の中で、フランシスの顔をぶん殴る姿をイメージする。

（とりあえず、あの憎たらしい顔は殴る。そして……しばらく、外に出られない顔にしてやる……！）

その姿を想像したら、ちょっと愉快になってきた。

溜飲《りゅういん》を下げたルミナリエは、グッと拳を握り締めた。

そうと決めれば行動である。

ルミナリエはぐりぐりとこめかみを押し潰す。

「とりあえず、エドナ様とアゼレア様とリタ様に会いに行かなくっちゃ」

「そうよねーまず初めにやらなきゃいけないことは、事情聴取よねー」

注がれた紅茶に角砂糖を三つも入れスプーンでかき混ぜつつ、ミリーナは言う。

「でもルミナリエちゃん、相手に怪しまれちゃダメよ？　たとえそれが、彼女たちの疑いを晴らすのが目的だとしても」

「分かっているわ。善意だからって、やっていいことと悪いことがあるものね」

「ええそう。疑われているんですもの、気分がいいことじゃないわ」

善意の押し付けは良くないとルミナリエは思っている。

特に今回の件はルミナリエが勝手に売られた喧嘩を買ったことが原因だ。しかも理由が「フランシスをギャフンと言わせたいから」。ものすごく私的な理由である。

（だから……あくまで自然に質問をしなければいけないわ）

幸いなことと言えば、彼女たちがまだ王都にいることが分かっている点だろうか。

（後宮を出るときに、どこにいるのか教えてもらって良かったわ）

かなり急に後宮から出されることになったのだが、最後に顔を合わせることができたのだ。そのときに現在の居場所は知っている。

（そう言えば私、また会おうって約束してなかったかしら？　やだわ……昔の私、偉い！　よく

だ。

全力で自画自賛しておく。アゼレアが「自信をつけるためにはまず自画自賛」と言っていたから

やったわ！）

なるほど、確かに自画自賛、なかなか気分がいい。

（そうと決まればお手紙！　お手紙書かなくっちゃ！）

妙に闘志を燃やすルミナリエを尻目に、ミリーナはクッキーを口に含む。

「ルミナリエちゃん、頑張るのはいいけれどあなた、自分のことも忘れちゃいやよ？　王家の方々との話し合い、一週間後だからね？」

「分かってる！　だから焦ってるの！　このタイミングでアルファン様が殿下からの言伝《ことづて》を言ってきたってことは、次に殿下に会うときまでに調べておけってことでしょう？」

「考えようによっては、そうね」

「なら急いで会う約束取り付けなきゃ、報告書が書けないもの！」

そんなの嫌だ。ルミナリエのプライドが許さない。

「というよりそういうお母様こそ、お父様本当に大丈夫なのっ？　間に合うの⁉」

改めて父のことを思い出し、心配になってきた。

「大丈夫大丈夫〜。もしものときは迎えに行くわ」

（それでいいの⁉）

とことん模範的な貴族とはズレてるなぁ、と思う。

だが、ルミナリエの父も一般的な貴族男性ではない。虚弱な上に、血を見たら卒倒するのである。

ただその代わり、知識量が豊富で弁が立つ。そのためベルナフィス家に婿入りしてからは、政治面でサポートしてきた。そしてそんな父だったからこそ、勇猛果敢な母親との政略結婚をしたのだ。

今となってはラブラブだし、お互いの得意分野を生かして行動している。その姿はとても生き生きしていて、ずっと羨ましいと思っていた。ルミナリエの理想の夫婦である。

(私も政略結婚だけれど、お母様たちみたいになれたら良いわね……)

そう考えてから、ルミナリエはハッとして頭を振った。

(何高望みしてるのよ。私と殿下は、同志というだけだわ。そこに愛がなくても良いって、私も納得したじゃない)

むしろそのほうが自分に合っていると思っていたはずだ。なのに今更何を考えているのだろう。馬鹿馬鹿しい。

ルミナリエは自分の感情に蓋をする。

その思いを忘れるべく、一心不乱になって手紙を書く。そしてそれを、使用人を使って三人に届けさせたのだった。

＊

初めに会う約束を取り付けることができたのは、エドナだった。

エドナは、手紙を送った当日に返事を書いてくれたのである。しかも用事もないということで、その翌日にエドナの家でお茶会をすることになった。

（助けてくれたお礼にぜひもてなしたいだなんて……いいのに）

ただ、そう言ってもらえるのはすごく嬉しい。なのでルミナリエは張り切って支度を整えた。

スミレ色の余所行《よそゆ》き用ドレスを身にまとい、手袋はレモンイエローにして明るめにする。日傘はスミレの花が散っている花柄の物を選んだ。気合の入ったコーディネートである。

そしてルミナリエは、予定通りの時間にエドナの家に訪れていた。

エドナは、かなりのハイテンションでルミナリエを出迎えてくれた。

「お久しぶりです、ルミナリエ様！　お待ちしておりました！」

「え、ええ。今日はお招きくださり、ありがとうございますわ」

ミントグリーンのドレスを着たエドナは終始笑顔だ。

（というより、ドレスがとっても可愛い！）

ミントグリーンという爽《さわ》やかな色も素敵だが、デザインがとても可愛かった。レースやフリルがたくさん使われており、ふんわりとしている。それが、エドナの可愛らしさを引き立てていた。

エドナは廊下を歩きながら、ルミナリエのことを褒めてくれる。

「ルミナリエ様の日傘、とても可愛らしいですね。昨今の流行である花柄の小物を取り入れているだなんて、さすがです」

（そういうエドナ様こそさすがだわ）

流行をちゃんと分かっている。

「ありがとうございます。そう言うエドナ様こそ、髪を結んでいるリボンがカモミールの花柄なのですね。とてもお可愛らしいですわ」

「あ、ありがとうございます！　嬉しいです……！」

そんな当たり障りのないやり取りをしつつ廊下を歩き、ルミナリエはある部屋に通された。

どうやら客間ではないようだ。しかしもう茶の用意はできているようである。お菓子とティーセットが載ったテーブルと椅子が二脚、部屋の真ん中に置いてあった。

ルミナリエがきょろきょろと周囲を見回していると、エドナが恥ずかしそうに頬に手を当てる。

「そ、そんなに見ないでください……わたしの部屋ですので……」

（エドナ様の私室なのね……！）

「あ、も、申し訳ありません。不躾《ぶしつけ》なことを」

「いいえ、良いのです」

だけれど、少しだけ嬉しかった。

（だって私室に通してくれたってことは……私のこと、友人だって思ってくれてるってことよね）

それはとても幸せで、喜ばしいことだ。

ルミナリエは思わず頬を赤らめる。

二人は少しギクシャクした感じで茶会を始めることになった。

会話を切り出したのは、ルミナリエだ。

「エドナ様。チェルノ・バルフの件なのですが……あれから特に何もされておりませんか？　少し心配で、こうして尋ねに来てしまいましたの」

「まぁ、ルミナリエ様……お優しいのですね。ありがとうございます。彼の件は父に一任しています。とても怒っていましたので、それ相応の罰が下るかと」

紅茶を一口飲んでから、エドナは少しだけ声を弾ませた。

「王城の牢屋にいますし、あれから一度も来てないのですよ」

「そうでしたの。それはよかった」

ルミナリエはほっと胸を撫で下ろした。

チェルノが脱獄したことを知っているルミナリエとしては、そこが気がかりだったのである。

すると。

「……あ」

目を丸くして、エドナが勢い良く立ち上がった。

「そ、そうでした！　わたしとしたことが、ルミナリエ様へのお礼を寝室に置いてきてしまいましたっ！　す、少しお待ちいただけますかっ？」

「あら、お礼なんて構いませんのに」

「い、いえ！　さすがにそれは……！」

ぺこぺこ頭を下げつつ、エドナはすごい速度で寝室のドアを開け中へ入ってしまう。ルミナリエは苦笑しつつも、紅茶を飲んで帰りを待つことにした。

それから少しして。

どんがらがっしゃーん！

ものすごい音が寝室から聞こえてきた。

（何事⁉）

もしかして、となりの部屋にチェルノが侵入してきた――⁉

そんな嫌な想像が浮かぶ。

ルミナリエは日傘を携え、寝室のドアを勢い良く開け放った。

「い、いたたた……」

そこには、エドナがいた。

――ものすごい数の箱に埋もれた、エドナが。

「……へ？」

「ル、ルミナリエ様⁉　え、あ、ち、違うのです！　こ、これは殿方からいただいた贈り物でして
……普段はこんなにも散らかっては……っ！」

「これ全部が贈り物⁉」

逆に驚きだ。

いやそれよりも、エドナを救出しなければ。

無事救出されたエドナは、再び席に腰を落ち着けてから恥ずかしそうに事情を話してくれた。

――どうやらこの贈り物は、普段エドナの部屋に置いてあるものらしい。

根が優しいエドナは、殿方からの贈り物を送り返すこともできずにいるらしい。そのため普段は部屋に飾り、ちゃんと使っているのだとか。それらが何故寝室にあるのかというと、ルミナリエを私室に通すためだとか。

そうしてとりあえず寝室に押し込んだのはいいものの。ルミナリエに渡すはずだったプレゼントを探しているうちに、雪崩《なだれ》を起こしてしまったようだ。

(や、優しいわ……)

もしルミナリエがエドナの立場だったら、好みに合わないものなら他人に譲っている。

おそらくこの優しさと社交的な性格、見目の美しさが合わさり、男性にモテているのだろう。そんな状態が続けば、異性に対する対応も覚えるというものだ。

「羨ましいですわ。私、こんなにものをもらったことありませんもの」

純粋な気持ちでそう言ったのだが、エドナは勢い良く首を横に振った。

「それは、貴族令息方の見る目がないからです！　ルミナリエ様ほど素晴らしい方はいません！」

「そ、そう？　そう言ってもらえると嬉しいですわ」

「そうです。手紙だって毎回のようにいただきますけれど、正直お返しするのが大変で……。かと言って代筆させるのは失礼だと思うので、自分で書いています」

人によっては嫌みだと思いそうだが、エドナは純粋に困っているように見えた。

(というより、代筆もさせてないだなんて……優しすぎないかしら？)

ルミナリエとしては嫌だ、そんなことしたくない。嫌な相手に手紙を書くくらいなら、剣を握って訓練をしていたい。そのほうが痩せるし。

そこでふと、純粋な疑問が湧く。

「私はそういう手紙をもらったことがないのですけれど、殿方はどんなことを手紙にしたためますの？」

そう言ってから、はたと気づく。

「……あ、これは不躾な質問でしたわ。失礼いたしました」

するとエドナは一度きょとんとした顔をしてから、再び寝室へ向かう。

帰ってきた彼女が手に持っていたのは、手紙箱だった。

エドナはその箱を開けて漁《あさ》ると、数通を見せてくれる。

「こちら、よろしければお読みになりますか？」

「良いのですか？」

「はい。それはチェルノ・バルフからの手紙ですので。他の方のは失礼にあたるので見せられませんけれど、チェルノ・バルフのものなら」

にっこり。エドナが満面の笑みを浮かべる。

その笑顔からも、エドナがかなり怒っていることが分かった。

（この心が天使のようなエドナ様を怒らせるなんて……馬鹿な男だこと）

しかしチェルノ・バルフの手紙には、純粋に興味があった。何かしらの情報が得られるかもしれないからだ。

なのでルミナリエは躊躇《ためら》うことなく、中身を読ませてもらうことにした。

――が、割と早い段階で挫折《ざせつ》しかかった。

それもそのはず。その手紙の内容のほぼ全部が、チェルノの自慢話で埋まっていたからである。

(何これ拷問《ごうもん》?)

『港町に懇意にしている商人が所有している小型遊覧船があるので、貸切にして一緒に乗らないか』

(付き合ってもいない令嬢に言うのはどうかと思うし、もし口説《くど》き文句だとしたら寒すぎる……)

『いい馬を手に入れたので一緒に乗馬でもどうか』

(乗馬の趣味がない令嬢からしてみたらどうでもいい話題だわ……話題作りが下手《へた》すぎる)

ルミナリエとしては、こんな男に飼われてしまった馬に同情したくなる。

時折写真が入っている手紙もあった。ただそこには、必ずと言っていいほどキメ顔でポーズを取るチェルノが写っている。

(な、何かしらこの気持ち……)

これがエドナに宛てたものでなかったら、ルミナリエは写真を切り刻んでいたと思う。

(これにきちんと返事を書いているだなんて。しかもちゃんと手紙箱に入れて残しているなんて。エドナ様は、天使どころか女神なんじゃ)

ルミナリエだったら、破り捨てて暖炉で燃やしている。

しかしその手紙、なんとまだまだある。ルミナリエは自分を奮《ふる》い立たせせた。

（頑張りなさいルミナリエ。これも訓練の一環よ……精神面を鍛えるのよ……！　そして、殿下に何か有益な情報を‼）

——それから数分後。

一応渡された分全てを読み終えたルミナリエは、笑顔で一言。

「エドナ様は女神ですの？」

エドナは笑って「そんなことはありませんよ」と流してきた。が、ルミナリエは本気だった。懐《ふところ》が深すぎる。

だが幸いと言うべきか。それをきっかけにエドナの苛立《いらだ》ちが爆発したらしく、彼女はチェルノに関する愚痴をつらつらとこぼしてくる。

たとえば、無駄にスキンシップが多いとか。服のセンスが悪くて一緒に話しているのすら苦痛だったとか。最後の方は一方的に婚約契約書が送られてきて、一家総出で大激怒したこととか。

なんかもう、ひどすぎて言葉が出てこない。

ルミナリエはそれを涙目で聞き、時に深く共感した。最後の方なんか頷きすぎて頭がガクンガクンしていたほどだ。

そしてそんな話をしていたら、気づけば日が暮れていた。

「まぁ。もうこんな時間？　申し訳ございません、ルミナリエ様。わたしばかり話を聞いていただいてしまって……」

「良いのですわ。私としてはむしろ、エドナ様が抱えていたものを共有できてよかったと思っております」

「……ありがとう、ございます。……実を言うとチェルノのことは、アゼレア様やリタ様にも言えていなかったのです」

「そうだったのですか？」

「はい……特にアゼレア様に伝えたら、チェルノの家に乗り込んでいたでしょうし……」

（どうしよう……アゼレア様とは友人になったばかりだけれど、絶対にやるっていう確信がある）

むしろ乗り込まなければ、アゼレアと言えないのではないだろうか。

「ですが、今回ルミナリエ様に打ち明けることができて……すっきりしました。やっぱりルミナリエ様は、わたしの救世主です」

涙目でそう語るエドナを見て、ルミナリエまで泣けてきた。友人にまで話せないほどの心の傷を負わせるとか、男としてどうなのだろうか本当に。

それと同時に、心の中に住むもう一人の自分が呟く。

（チェルノ・バルフ……絶対に再度牢屋に叩き込んでやるわ……）

ルミナリエは密かに闘志を燃やす。

そして家に戻ると同時に、チェルノの情報を無心で紙に書き殴ったのであった。


――そしてこれは余談だが。

エドナからの贈り物は、コンソラトゥールの化粧品一式だった。貴族女性たちから絶大な支持を得ている商品である。

贈り物のセンスまで良くてなぜだか分からないが泣けてきたのは、また別の話。

＊

エドナに会った二日後、ルミナリエはリタに会いに行った。

こちらもルミナリエ側からリタのタウンハウスに向かう形である。以前も約束した通り、本を貸してくれるとのことだ。

――案内されたフレイン家の書庫は、それはそれは広かった。

恐ろしいことにこの書庫、フレイン家のタウンハウスにある地下いっぱいに広がっている。

わざわざ光の入らない地下に本を置いている辺り、さすがだなとルミナリエは感心した。

（さすが、魔導書と魔術書の管理を代々行っている司書官を輩出しているフレイン家ね）

司書官はリクナスフィール王国が持つ魔導文化、魔術文化を保管、管理する重要な役職だ。

その中でも一番大きいのは、王宮内にある書庫。そこには各家系が持つ技術が記載された書が保管されている。それを守り管理する仕事はとても重要視されていた。

フレイン家はその中でも、建国当時から司書官職についている家系だ。当然、王宮書庫の司書官も輩出しているすごい家系なのだ。

ルミナリエは一通り棚を見て回る。

もちろんここに魔導書や魔術書はないが、それ以外のありとあらゆる本がしまわれていた。中にはルミナリエが読めない文字で綴《つづ》られた背表紙もある。他国の本のようだ。

どうやらフレイン家の人間は、根っからの本好きのようだった。こんな場所まで本だらけなのに仕事でも本を扱っているとか、すごいを通り越して怖い。

本に囲まれているリタのテンションも、前会ったときよりも断然高くて驚いた。

「ここ！　この辺りが、あたし専用の区画です！」

「わあ……専用区画とかあるのですね……」

「はい。そしてここからここまで、ずらーっと！　男装女子がヒロインのラブロマンスなんです！」

「すごい量ですのね……そんなにお好きなんですの？」

「もっちろん！　なのでルミナリエ様のお話を聞いたときは、胸がたぎりました……！」

「……私、ですか？」

「はい！　だってルミナリエ様、まさしくって感じでしたもん！」

(どうりで、私が戦えると知っても引かないわけだわ)

なのに嬉しいようなそうでもないような、複雑な気持ちになるのは何故だろう。

ということでルミナリエは、話を逸らすべく別の話題を振る。

「ですけれどこんなにも多いと、棚が倒れたら大変ですわね。埋もれて圧死してしまいそうな気がしますわ」

「本に埋もれて殺されるとか、我が家からしてみたら本望ですっ！」

（本気なのそれは）

本気だった。目がキラキラしていた。

「か、管理とか大変でしょうね……」

「本のためならそんな苦労くらい。それに我が家では、本の劣化を防ぐための維持魔術。そして書庫に埃《ほこり》がたまらないようにするための浄化魔術などを習いますから」

「それ確かに無属性魔術で誰にでも使える類《たぐい》のものだけれど、練度が必要になる魔術じゃ……」

「本のためなので！　その程度、苦痛ですらありません!!」

（本に対する熱意がすごすぎる……）

偏執的と言ってもいいくらいだ。

「そ、そう。……この本とかリクナスフィール王国の言葉ではないのでは？　リタ様は言語習得をなさっているのです？」

「もちろん！　ですがその程度の努力で多種多様の素晴らしい本が読めるなら、いくらでもやりますとも！」

そう言うリタの目はキラッキラに輝いていた。しかも満面の笑みを浮かべている。

本にかける情熱が強すぎて、ルミナリエは若干《じゃっかん》、いや、かなり引いた。

（私、リタ様のことあの三人の中で一番平凡で大人しい人だと思っていたけれど。……認識を改めたほうがいいかもしれないわ……）

この歳で多国語を使える令嬢とか、普通ではない。

とりあえず借りる本を数冊決めたルミナリエたちは、リタの部屋へと向かったのである。

リタの部屋に着いてしばらくの間、ルミナリエは本の布教をされていた。いきなり話題を出すのはどうかと思ったのだ。なので頃合いを見て、エドナのことを口にした。

「そういえば先日エドナ様のお宅に伺ったのですが、そのときにものすごい数の贈り物を見てしまったのです。エドナ様って、殿方からとても愛されているのですね」

「あー……あれですか？　ほんっと、すごいですよねぇ。……エドナさんはものすごく迷惑してますけど」

「お気持ち、分かるのですか？」

「分かるといいますかぁ……。別に好きでもない人からもらう贈り物とか、嬉しくないと思いませんか？」

「そもそももらったことがないのでなんとも言えませんわ」

「それは男どもの見る目がないだけです」

（どうして真顔で、エドナ様と同じことを言うのかしら……）

「まあなんていいますかぁ……あたしもエドナさんも、割と夢見がちなんですよね」

「夢見がち、ですの？」

「はい。自分のことを丸ごと受け入れてくれる殿方とかいたら、それって素敵じゃありませんか？」

「そうですわね……」

「あ、もちろん、現実ではそんなことがないと思っているんですよ？　でも心の中では、素敵な王子様が来てくれることを期待してるんです」

（それは、私もなんとなく分かる気がする……）

ルミナリエにも、そんなときはあった。だけれどこんな自分を受け入れてくれる男性はいないと、だんだん悟る。

（悟ってたら、斜め上の形で受け入れてくれる方が現れましたけれどね⁉）

そう考えると、ルミナリエはやっぱり幸せ者だと思う。

だからそれ以上を求めるのは、いけないのだろう。

少し考え込んで沈みかけていたとき、リタのひときわ明るい声が聞こえる。

「エドナさんにとっての王子様が、ルミナリエ様なんですよ～」

「あ、ああーなる、ほ、ど……？」

（……なるほどって言っていいの……？）

一応納得したが、なるほどでいいのだろうか。

まぁ話がうまく繋がりそうなので、良いことにする。

「そう言えばリタ様は、エドナ様につきまとっていたチェルノ・バルフのことはご存知でして？」

「もっちろんですよ。なんていうか、三流の小者感漂う男ですよね。当て馬にすらならなそうなタイプ」

（分かるわー）

ものすごく首を縦に振ってしまった。

「そうです、その人。リタ様は、その小者さんにエドナ様のような絡まれ方をしたことはないのですか？」

「ああー周りの友人から落としていって囲うっていう趣向は、割とよくありますよね。でもあの人は、あたしたちは眼中にない感じでしたよぉ？」

「あら意外。女性ならなりふり構わず口説《くど》くのかと思っていました」

「そういう意味では一途だったのかもしれませんね。あたし的には、恋愛感情っぽいものは見えませんでしたけど」

紅茶にミルクを入れスプーンでかき混ぜながら、リタは言う。

その言葉が意外で、ルミナリエは首を傾げた。

「そうなのですか？」

「あくまで主観ですけど、もっと邪《よこしま》な考えですよーあれ。グランベル家に婿養子に入りたかったからエドナさんにアプローチかけたんじゃないですか？　そしたらかなりの逆玉の輿《こし》になりますから」

「あら、グランベル家には男児がいないのですか？」

「はい。親戚筋もみんな女児ばかり生まれてしまったので、エドナさんは婿養子を取る予定だったんです。他の殿方もそれが理由でアプローチしてきてる人もいるので」

「まあ……」

「……エドナさんとしてはかなり複雑なのではないかなーと、あたし勝手に思ってますよ」

「同感ですわ」

しかし貴族社会では、割とよくある話だ。

紅茶を飲んでから、リタは肩をすくめた。

「エドナさんとは昔からの付き合いになりますけど、自由がきかないって大変だと思います。そんな彼女を少しでも元気付けてあげたくて本を薦めたらですね。想像以上にハマってしまって驚きました！」

「ということは、リタ様とエドナ様は、読書仲間でもあるのかしら？」

「はい。あたしの大切な大切な、友達です」

そう笑うリタの笑顔は、とても清々しかった。

（やっぱり私には、リタ様がチェルノに加担するとは思えない）

エドナも、チェルノに対してかなり怒っていた。そんな男を手引きするのはちょっと想像できない。

だがちゃんとした証拠がなければ潔白とは言えないのだ。

（もう少し深く聞けたらいいのだけれど……流石《さすが》にアリバイを聞くのは怪しまれそうだわ）

ルミナリエはふう、と息を吐く。

結局ルミナリエはそのあと当たり障りのない会話をして、リタと別れることになった。

――犯人調査は、なかなか難航しそうだった。

＊

最後に会うのは、アゼレアだ。

彼女とは、リタと会った翌日にアゼレアのタウンハウスにて会うことになった。

――のだが。

玄関で迎え入れられた早々、アゼレアに詰め寄られることになってしまった。

「ルーミーナーリーエーさーまー？」

(近い近い！　顔が近くて怖い！)

そうでなくてもアゼレアは迫力のある華やかな見目をしているのだ。相当凄みがあってルミナリエは一歩身を引いてしまった。

普通の令嬢なら涙目になっているか、完璧に泣いているレベルで怖い。

するとアゼレアは、くるりとルミナリエの周りを回る。そしてルミナリエの背後にくると、耳元でぽそりと呟いた。

「殿下から聞きましたわよ、ルミナリエ様」

「な、何を、でしょう……？」

「何を、なんて決まっておりますわ――殿下のお手伝いをしていらっしゃるのでしょう？　そのため

に、わたくしの元まで来たのでしょう⁉」

「ひ、ひゃっ⁉」

ぎゅうぎゅうと、抱き締められる。

(ていうか、バレてる⁉)

確かにアゼレアはヴィクトールの幼馴染《おさななじみ》なので、知っていてもおかしくないと思う。しかし釈然としない心持ちになった。

(う、うーん、何かしらこのもやもや……)

そんなことなどつゆ知らず、アゼレアは嬉しそうに笑う。

「さあさあ、中へお入りくださいな。お話ならいくらでも致しますわ」

そして、私室へと案内してくれた。

アゼレアの私室はその見目と打って変わり、クリーム色でまとめられていた。家具もシンプルなデザインで、少し意外な気がする。

その真ん中にはクリーム色の椅子とテーブルが置かれていた。

二人とも椅子に腰かけると、アゼレアが早速口を開く。

「それで、質問の内容はなんでしたかしら?」

「あ、はい。後宮生活最後の辺りで起きた、事件のことなのですが」

「あ、そうでしたわね。アリバイ確認でしたわ。と言いましてもわたくし、その時間はもう寝ていたのですけれどね」

あっけらかんと言ってのけるアゼレアに、ルミナリエはしばし無言になる。

「あの……嫌な気持ちにはならないのですか？」

「まあ確かに、疑われているのはいい気持ちになりませんが……。確認が必要なのもよく分かりますもの。甘んじて受け入れますわ」

アゼレアの凜然とした態度が、眩しい。だが同時に、胸がつきりと痛んだ。

その思いに気づかないふりをする。

「そうですか……ですがそうなると、アリバイ証明は難しいですね」

「そうですわよねえ」

「なら、チェルノと個人的な面識はありましたか？」

「全くありませんわ。というよりあの方、わたくしがエドナ様と一緒にいるときは絶対現れませんでしたのよ」

アゼレアは腕を組み、眉を寄せる。

「顔を合わせていたら、張り手の一つでも食らわせてやりましたのに……」

「ははは……」

アゼレアは相変わらず過激だ。だが、誇りと自信に満ち溢れている。素の姿は、純粋に美しいと思った。

「そんなことよりもわたくし、ルミナリエ様にお会いしたらお願いしたいことがあったのです」

「お願いしたいこと、ですか？」

「ええ。――わたくしと、一度手合わせしてくださいませんこと?」

(……あれ、なんか、すごい既視感が……)

「わたくし実を言いますと、攻撃魔術が得意なのですわ!」

普段のルミナリエなら、同志がいたことに喜んだと思う。

しかしそのときに浮かんだのは――劣等感だった。

「……アゼレア様も、戦えたのですね」

「そうですわ。まあわたくしは、ルミナリエ様と違って武器は使えませんが」

ぐるぐると、頭の中がごちゃ混ぜになる。

見ないふりをしていたもの。

それが一気に溢れて。

――思わず口に出ていた。

「なら何故、殿下は私を選んだのでしょうね」

――本当はずっと前から、疑問だった。

(アゼレア様は、とても素敵な方だわ。それこそ、殿下のとなりにいても見劣りしないくらい綺麗)

考えれば考えるほど、ルミナリエよりアゼレアのほうが優秀だと分かる。

その中で唯一ルミナリエが勝っていたのは、「戦える」という一点だった。

（それも、幻想だったわけだけど）

思わず自嘲する。

そんなとき。

「――えい」

「……へっ⁉」

こつん。

アゼレアが、ルミナリエの額を小突いた。すると、アゼレアの呆れた顔が目に入る。

「今更何を言っておりますの。というより、殿下がルミナリエ様を選んだ理由なんて決まっていますわ」

「……え？」

「わたくしにはないものを、見出《みいだ》したからでしょう？」

（……うん？）

ちょっと、何を言っているのか分からない。

すると、アゼレアは唇を尖らせた。

「言っておきますけど、あの方がわたくしを頼ったことなんて一回だってありませんからね？」

「え、ええっ？」

「会話とかもほとんどありませんでしたからね？　ただ親が親衛隊所属だったので、一緒にされる機会が多かっただけですわ。……そのせいで、表情が少し読み取れるようになってしまっただけですわ！」

やけっぱちのようにそう叫び、アゼレアはやれやれと肩をすくめた。

「全く……わたくし、ルミナリエ様が殿下とうまくやれているようで喜んでおりましたのに」

「ええっと……よく分からないのですが……」

「なおのこと悪いですわ。――というわけで、今回のお茶会はお開きにいたします！」

「唐突すぎません⁉」

しかし、アゼレアは取り合ってくれない。

「殿下ともっと話し合いなさいな！」

そんな捨て台詞《ぜりふ》とともに、ルミナリエはベサント家を追い出されたのだった。

＊

――そしてとうとう、王族と会う日がやってきた。

ルミナリエは一番お気に入りのスカイブルーのドレスを着ている。この日のために、食事や美容に気をつけてきた。

しかし本題はそこではない。――報告である。

この一週間でまとめた報告書の入った封筒が、今回の本命であった。

（アゼレア様からの言葉は、未だに分からないままだけど）

むしろあの説明で分かる人はいないと思う。

かつりかつりと足音を立てながら廊下を歩きつつ、ルミナリエは父の背中を見つめた。

「お父様、お体の方はもう大丈夫？」

「ああ、なんとか……」

ルミナリエの呼びかけに、父であるシャルスはくしゃりとした笑みを向けた。

彼こそ、ルミナリエの父であるシャルス・タンペット・ベルナフィスだ。

灰色の髪をオールバックにしてきっちり固め、ラピスラズリ色のつり目をしている。眼鏡《めがね》をしているので余計威圧感があるが、ルミナリエにとってはいい父親だ。

昨日屋敷に来たばかりなので、若干やつれているが。

「そういうルミナリエちゃんは、やる気満々ね？」

「当たり前よ、お母様。これはいわば戦争だもの！」

「……詳しい話は分からないが、問題を起こすのだけはどうかやめてくれ……」

シャルスの切実な悲鳴は、闘志をむき出しにしていた娘に届かなかった。


その後、ベルナフィス家は無事に王族との顔合わせを終えて、婚約に関しての話を詰めることになったのだが。

——王妃殿下の計らいで何故か、ヴィクトールと二人で茶会をすることになってしまった。

王妃殿下曰《いわ》く「婚約なんていう事務的なことは大人に任せて、二人は仲を深めなさい」とのこと。

（まさかの展開だわ……）

庭のガゼボに置かれた椅子に腰掛けながら、ルミナリエはちらりとヴィクトールを見た。

バッチリ目が合う。

ずっと見られていたことに気づき、ルミナリエはハッとした。

（つまりこれはもしかして……報告しろってことかしら）

となると、もしかしなくても。王妃殿下による計らいは、ヴィクトールが頼んだ報告時間ということだろうか。

ルミナリエは肩の力をふっと抜いた。なんだ。ならば始めからそう言ってくれればいいのに。

ルミナリエは立ち上がると、ヴィクトールに向けて封筒を差し出した。

「殿下。こちら、どうぞ。先週、アルファン様を通じて頼まれていたことをまとめた資料です」

「え？　あ、ああ、そうか……ありがとう。中を見ても良いか？」

「もちろんです」

というより今見てもらわないと、報告書がいいものなのか悪いものなのかが分からない。それはルミナリエとしても困るのだ。これは仕事なのだから。

ルミナリエがピシリと姿勢を正して直立していると。

紙を数枚めくったヴィクトールが、困った顔をして顔を上げる。

「……あの、だな。ベルナフィス嬢」

「はい、なんでしょうか？」

「……是非とも座ってくれ。自分の婚約者がそんなふうに立っているとなんというか……部下を相手にしているような気持ちになる」

「……は、はい。それではお言葉に甘えまして……し、失礼、しま、す……」

着席しつつ、ルミナリエは思う。

ルミナリエとしては上司と部下という関係のような気持ちだったのだが、違ったのだろうか。

（というより、婚約者って……言ってくださった、わよ、ね……？）

こんなことをあんな言い方をして頼むくらいだから、ていのいい駒だとしか思っていないと思っていた。そのため胸にもやもやが残る。

なんだろうか。ルミナリエは一体何を勘違いしているのだろうか。確実に何かが食い違っているのだが、さっぱり分からない。

悶々と考えているると、ヴィクトールが首を傾げる。

「……グランベル嬢だけでなく、その友人のベサント嬢やフレイン嬢にまで話を聞いてくれたのか？」

「……はい？　いや、それは……殿下が言伝《ことづて》をされておられましたので……」

「…………いや？　わたしは別に、そんなことを頼んだ覚えはないのだが……」

ルミナリエは混乱した。

すると、ヴィクトールがハッと目を見開いてから大きくため息を漏らし、頭を押さえる。

「……すまないがベルナフィス嬢。フランシスからなんと言われたのか、言ってもらっても良いか？」

「へ？　は、はい」

ルミナリエはフランシスに言われたことをかいつまんで話した。

話を進めるうちに、ヴィクトールの顔がどんどん曇っていく。最後のほうなど、眉間《みけん》にシワが寄ってどんどん険悪になっていった。

「……ベルナフィス嬢。わたしの部下が何やら話を盛り、失礼した」

「……えっと、それはつまり……？」

「わたしが頼んだ言伝と、だいぶ違うということだ」

ルミナリエは一瞬目を点にさせてから。

（あの性悪腹黒男ぉぉおおおおおッッッ!?）

心の中で絶叫した。

その心の声が溢れてしまったらしく、パキンと音を立て、用意されていた紅茶を凍らせてしまう。

放心するルミナリエ。

紅茶を代えるように使用人に指示を出してから、ヴィクトールが話をしてくれた。

――どうやらヴィクトールが頼んだのはあくまでエドナに対してのみのこと。しかもそれは、「チェルノに関することを聞いてきて欲しい」程度の指示だったそうだ。なので、エドナを疑う意図ではなかったのだとか。

もちろんエドナが手引きをした可能性はあった。が、確証もないのにそれをルミナリエに頼むつもりはなかったらしい。

つまりフランシスはかなりの独断で、ルミナリエに頼みごとをしたというわけだ。

確かにとても賢い選択だと思うのだが、殺意は倍増した。

(そりゃあ、意見が食い違うわけよ!)

「本当になんというか……わたしの補佐官が本当に失礼なことを……後で罰でも与えておく」

「いえ、結構ですわ殿下。ですが代わりに一つお願いを」

「なんだ?」

「いつになっても構いませんので、アルファン様との決闘を許していただけませんか?」

「許そう。存分に痛めつけてやってくれ」

「ありがとうございます!」

この瞬間、フランシスへの好感度がマイナスに振り切れ。かわりに、ヴィクトールに対する好感度が勢い良く上がった。

すると、ヴィクトールがふと笑う。

「そしてこの報告書なのだが、使わせてもらってもいいだろうか? とても良くできていて、バルフ家の捜索に役立ちそうな情報が多々あった」

「もちろんです。使っていただけたら、頑張った甲斐《かい》があるというものですから」

「そうか。ありがとう、ベルナフィス嬢」

フランシスをボッコボコにする権利だけでなく、報告書のことまで褒められた。そのため、ルミナリエの機嫌は最高潮にまで上がっていた。

(やっぱり殿下は、とてもいい方だわ！)

すると、ヴィクトールが少しだけ言葉に詰まる。

「……それで、だな。ベルナフィス嬢」

「はい、なんでしょうっ？」

「……あなたのことを、名前で呼んでもいいだろうか？」

「…………は、へ？」

ルミナリエの反応が良くないことに、ヴィクトールはなぜだか慌てていた。

「いや、だな！　婚約者なのにお互いを他人行儀に呼ぶのはどうかと思って、だな……。婚約者になったのにそれはどうなのかと、王妃殿下にも指摘された。だから形から入ろうかと……」

「確かに、そうですわね」

言われてみたら、確かにそうだ。

(というよりこの呼び方のせいで、余計距離を感じていたのでは？)

そう考えたら、なんだかそんな気がしてきた。さすが王妃殿下、的確なアドバイスだ。

「ならば私も、殿下のことをお名前で呼んでもよろしいのでしょうか？」

「ああ、もちろん」

試しに呼んでみようと、ルミナリエは口を開いた。

「ヴィクトール様」

呼んでから、なんだか気恥ずかしくなって口元に手を当てる。ルミナリエはすぐに取り繕《つくろ》った。

「ふふふ、なんだか気恥ずかしいです、ね、?」

しかし目の前の光景を見て言葉をなくす。

――ヴィクトールの顔が、真っ赤に染まっていた。

彼は口をぱくぱくさせると、口元を押さえ顔を逸らす。

だが耳まで真っ赤に染まっているので、赤くなっていることを全く隠せていなかった。

あの、無表情《ポーカーフェイス》が基本の完璧な王太子殿下が。

まさか名前を呼んだだけで顔をリンゴのようにしてしまうほど純情だったとは。

(天然なところがあるとは思っていたけれど……え、え?)

そのギャップに、胸が撃ち抜かれたのを感じた。

(待って待って、何これ何これどういう感情なの、これ……!?)

未知の感覚に、完全にパニックだ。ルミナリエもつられて顔を赤くする。

「あの、だ、な……そ、の……っ」

「は、はい……」

「……す、少し、驚いてしまった。恥ずかしいところを見せて、申し訳ない……」

「い、え……そんな、ことは……」

なんだろうか、この状態は。

お互いの顔が見られず、二人は俯いていた。

(いや、いやいやいや！　これで良いわけないでしょ！)

せっかくの時間なのだから、有効に使わなくては。

そう思い顔を上げれば、同じタイミングでヴィクトールも顔を上げた。

あ、とお互いに声を上げる。

そしてすぐに、一緒になり声を上げて笑った。

涙目になりながら、ヴィクトールが言う。

「なんというか。わたしは昔から口下手《くちべた》で、自分の感情を表に出すのが苦手なので先ほどは言葉にならなかったが……」

「ふふ、はい」

「あなたに名を呼ばれるのは、なんだかとても心地好いのだな。ルミナリエ」

そう言うヴィクトールの表情は、今まで見たことがないくらい優しい笑みをたたえていて。

それだけでもダメなのに、ヴィクトールの言葉がルミナリエの心にとどめを刺してきた。

パッキーン。

動揺しすぎてガゼボの中が凍る。

ヴィクトールが何やら言っていたが、もう限界だった。

まさか、ギャップでここまでダメージを受けるとは思うまい。ルミナリエは内心悲鳴をあげる。

(お願いなので！　口下手のままでいてください……!!)

ヴィクトールの言葉は、誰よりも正確にルミナリエの心を射貫《いぬ》いてくるのだ。

その後大人たちが様子を見にくるまで、二人は無言だった。否。無言でしかいられなかったのだ。

顔はお互いに真っ赤だったが。

タウンハウスに帰ってからミリーナにからかわれたのは、言うまでもあるまい。

……そんなグダグダな感じで、ヴィクトールとの二度目の茶会は終了したのだった。

――それからしばらくして手紙でのやり取りが始まったのは、また別の話である。

四章　そして始まる仮面劇

結局、婚約発表は一ヶ月半後ということになった。

その間にも、ドレスを新調したり割と忙しなく用事が入っていた。だがそんな日々の中でも毎日欠かさず行うようになったのが。

――ヴィクトールとの手紙のやり取りであった。

お互いマメな上に王都という近距離でのやり取りなので、一日一通ずつ送っている。

そのたびにヴィクトールは天然発言をしてきて、正直困った。読むだけで顔が赤くなる手紙とは、これいかに。

（なんなの、なんなのこれ……）

ルミナリエが読むと恥ずかしくなるような言葉が、必ず一つは入っている。やり取りを深めれば深めるほどその頻度が増えていった。

試しに何故なのか質問してみた。返ってきた手紙には。

『口でだと上手《うま》く言えない代わりに、文字にするとするする言葉が出てくる。』

そう書いてあった。ヴィクトール自身も言っていたが、感情の起伏に乏《とぼ》しいからこそそのものだろう。

そのせいか、ある手紙ではこう綴《つづ》られていた。

『**口で上手く説明できないときは、行動で示せるように努力する**』

それはもしかしなくてもアレだろうか。求婚してきたきっかけは決闘だったが、本当の意味で好きだったと。そういう意味なのだろうか。

(恥ずかしくてそんなこと聞けない……!)

だけれど、決して疎《うと》ましいとかそういうのではなく、むしろ好ましいのだと思う。でなければ毎日手紙のやり取りをしていない。

手紙の到着する午前中にそわそわしすぎて、美容に良いとされている体操をすることなど絶対にあり得ない。だって、他にももっとやらなければならないことがあるのだから。

というより、ヴィクトールに出会ってから確実にほだされている自覚があった。ルミナリエが不安に思っていたものがだんだんと解消されていっているのが分かる。

(アゼレア様の言う通りだわ。ちゃんと話し合うべきね。……これなら、上手くやっていけるかも)

そう思い始めていた頃。

『王都で商人一家殺人事件!!』という紙面が、号外で取り沙汰《ざた》された——

＊

婚約発表まで残り半月ほどになった。

しかし巷《ちまた》ではある話題で持ちきり。一ヶ月ほど続いているからか、王都の人々の空気はどこかよどんだものになっていた。

それもそのはず。

——この一ヶ月で、何人もの人が殺されているからだ。

犯行は計四回。

一件目は商人一家。

二件目は伝達係をしていたという年若い軍人。

三件目はグルナディエという、高級娼館で一番人気の娼婦。

そして四件目は、またもや商人一家だった。

そのどれもが刺殺され背中にバツのマークを刻まれている。そのことから、同一犯による連続殺人だということになっているらしい。未だに犯人は見つかっていない。

市民は怯えつつも未だに解決してくれない軍に不満を覚えているようだった。

二件目と三件目の人物に面識はなかったが、一件目と四件目の商人には覚えがあった。

（バルフ家が懇意にしていた商人だわ）

バルフ家の金回りはとても良かったらしく、チェルノは様々な商人から商品を購入していた。しかしその中でもこの二人の商人からは良く物を買っていたようだ。手紙にも何度か商店の名前を出していたのだ。

（もしかしなくても……チェルノ・バルフが関係している？）

何やら引っ掛かりを覚える。

そのためルミナリエは空き時間を縫い、事件が起きた現場を見にいくことにした。


まずは一件目の犯行現場からだ。

一件目の犯行現場は、大通りに面した場所にあった。レレリラと一緒に現場付近を歩きながら、じっくり観察する。

「ここか……周囲の店との間もほぼないし、こんな場所で人を殺したら誰か来そうなものだけれど」

フード付きのポンチョで髪と顔を隠しながら、ルミナリエは呟く。実を言うと王都には白銀の髪を持った人間が少ないので、こういうとき不便なのだ。

ベルナフィス領では白銀の髪に水色の瞳を持った人間が多い。なのでむしろ、様々な色にあふれている王都はどことなく不思議な感じがする。

この国の人間は、生まれてくる土地によって髪や目の色が違う。

それは土地が持つ魔力を、胎児のときから受けて育つからだそうだ。寒い地域で生まれれば氷、熱い地域で生まれれば火という感じである。

氷属性持ちは闇、光属性持ちの次に稀有《けう》だ。

みんなだいたい決まって白銀の髪と水色の瞳を持って生まれる。瞳の青が濃すぎると水属性になるし、髪の色も別の色が混じるのだそうだ。――そう、ルミナリエの父、シャルスのように。

つまり氷属性の魔力を持つ者は、王都ではかなり少ないということである。

密かに動こうというときにこういうのは、なかなか面倒臭い。

しかし自分の目で見てみたかったので、両親に許可を得てやってきてしまった。

王都には多くの旅人が来るので、フードをかぶっていても怪しまれないのだけは幸いだ。

件《くだん》の家の前には軍人がちらほらいるので、できる限りバレないように注意する。

ルミナリエとレレリラは周囲を一周ぐるりと回る。

（やっぱり、大きな音を出したら気づかれそうなくらい隣接してる）

王都の建物は、地方のそれに比べてかなり密集している。にもかかわらず犯行は完遂された。

それを予防するために犯人が取ったと思える行動はいくつかあるが、一番考えられるのは魔術で防音したという可能性だ。そうすれば好きなように虐殺できる。

それ以外で特に収穫がなかったので、次はもう一つの方へと行ってみることにした。

レンガの道を歩きながら、ルミナリエはため息を漏らす。

「それにしても。……殺人事件が起きてしまったせいで、町の人々の活気がやっぱりなくなっているわね」

「そうですね。市場の商人も、日が暮れる前に店をたたんできっちり戸締まりしてから寝ると言っていました。商家が二回も狙われてるのですから、そうなるのは当たり前ですね」

「そうね……彼らが安心して暮らせるように、犯人を早く見つけて欲しいのだけれど」

こうも陰気な空気を漂わせていると、ルミナリエとしても心が痛い。一領地の娘として、守るべき存在が苦しんでいるのを見るとやはり遣る瀬《やせ》ない気持ちになるのだ。

しかもルミナリエは今回、王太子の婚約者になることが決まっている。だからこそ、少しでも何か力になりたかった。

それに町全体が暗くなると、他の犯罪も増加するという傾向があるらしい。負の連鎖は早々に断ち切らなければいけないのだ。

唇を嚙み締めつつ歩いていると、四件目の事件現場に着く。

つい先日事件が起きたからか。一件目の現場とは比べ物にならないくらいの軍人がおり、周辺一帯を封鎖していた。

それを見たレレリラが呟く。

「こちらのほうを調べるのは、容易ではありませんね」

「そうね。……でもここは細い路地が多いから犯人がそこから逃げた可能性も出てくるわ。少し遠めの路地を歩いてみたら何かわかることがあるかも」

「……わたしとしましてはルミナリエ様の御身が心配なのですが……分かりました。お供いたします」

「ありがとう」

ということでルミナリエは、封鎖されていない細い路地を歩いてみることにした。レレリラが先を歩いてくれる。

細い路地は大通りとは違い、湿気も多くよどんでいた。ゴミ箱が無造作に置かれ、光も入らないため暗い。別世界になったような気がして、ルミナリエは護身用に持ってきていた仕込み杖を握り締めた。

――すると、気のせいだろうか。背後から靴音が聞こえてくる。

(――しかも、すごく速い)

レレリラと場所を変わるだけの余裕はなさそうだ。

そう思ったルミナリエは、仕込み杖の柄にあたる部分を握り締める。

そして後ろからやってくる音とタイミングを合わせて、勢い良く抜き去った――

後ろからやってくる誰かに向かって剣先を突きつけようとした。が、その前に手首を掴まれてしまった。

ルミナリエはぎりっと歯をくいしばる。

(この男、誰か知らないけどやり手だわ!)

相手がフードをかぶっているが、男だと分かった。身長も高く手が節張っていて大きかったからだ。

どちらにせよ、現状はピンチ以外の何物でもない。

そう思ったルミナリエが、足を振り上げ男の急所を狙おうとしたときだ。

「落ち着いてくれ、ルミナリエ!」

「……へっ？」

聞き覚えのある声が、フードの奥から聞こえたのである。

男は空いている方の手でフードを取る。

綺麗な赤と金のオッドアイとかち合った。

「ヴィ、ヴィクトール様⁉」

予想していなかった人物の登場に、ルミナリエは動揺する。

するとヴィクトールの後ろから、複数の足音が聞こえてきた。

やってきたのは、ヴィクトール同様フード付きの外套《がいとう》を着た人物たちだ。

「ちょっとーいきなり路地に消えないでよーびっくりするじゃん」

「そうですよ殿下。一体何が……」

人数は二人。

前者は知らないが、後者の声には聞き覚えがあった。

「アルファン様？」

「……そのお声は、ベルナフィス嬢？」

「……あーなるほど。殿下がいきなり走り出した理由が分かったわ」

どうしてヴィクトールがルミナリエに気づいたのか。なぜ王太子の彼がこんな場所にいるのか。

頭の中にたくさんのなぜが浮かんでいく。

ルミナリエはわけが分からず、ヴィクトールの顔を見上げた。

彼はフードを被り直しながら、ぽつりと呟く。

「……場所を変えて話そう」


五人は、細い路地から場所を移しベルナフィス家のタウンハウスにやってきていた。

三人を客間に通しつつ、ルミナリエはレレリラに一緒にいてもらうよう頼み、他の使用人に茶の用意を頼んだ。今日は両親が王宮に行っておりいないので、ルミナリエがちゃんともてなさなくてはならない。

「お三方。外套を脱いでくださいな。ここまで来ましたら隠れる必要もありませんし」

三人は肯定する。

外套を取った三人は、ヴィクトールとフランシス。そして以前決闘を行ったときにいた治癒魔術師の青年だった。

彼は外套を取ると同時に、翡翠《ひすい》色の瞳を細め自己紹介をしてくれる。

「初めまして、ベルナフィス嬢。オレはエルヴェ・トレーフル・カサルティです。殿下の部隊で治癒魔術師として働いてます～どーぞよろしく」

「自己紹介ありがとうございます。どうぞよろしくお願いいたしますわ、カサルティ様」

「あはは、サマ付けってくすぐったいね。オレ別に貴族じゃないから、名前で呼んでもらっていーですよー」

「……エルヴェ、おしゃべりはそこまでだ。静かにしろ」

「はーい。すいません殿下。あ、それとも、オレが殿下の婚約者サマと話してたから、妬《や》いちゃったとか？」

「……そうかそうか。お前がその気ならわたしから罰則でも与えようか。何がいい、走り込みか？　書類整理？　なんでもいいぞ、遠慮なく言え」

「遠慮させていただきマス……」

ヴィクトールの刺々《とげとげ》しい言い方に、ルミナリエはこっそり笑ってしまう。

（ヴィクトール様があんな言い方をするだなんて……仲が良いのかしら？）

以前も見た取り合わせだったので、自然とそう思ってしまう。

エルヴェのおかげか冷めきっていた空気が少し和《なご》んだので、ルミナリエは肩の力を抜いた。

レレリラが背後に佇んでいることを確認してから。ルミナリエは道中ずっと聞きたかったことを問うた。

「ところでお三方は、どうしてあの場所にいらしたのですか？」

するとヴィクトールが口を開いた。

「……ルミナリエは、連続殺人事件のことは知っているだろうか？」

「はい、もちろん」

「実を言うとその件で、軍内でも色々と起きているんだ」

すると、エルヴェがこくこくと頷きつつ泣きぼくろのついた瞳を細める。

「そうなんですよねーなんか、内通者がいるっぽくて。そのせいでバルフ家の捜査も全然進まないし、関係者に話を聞きに行こうとしたら全員殺されちゃうし。なんでもかんでも後手後手になってるんですよー」

「……軍内に内通者、ですか？」

「……エルヴェ。お前は黙っておけ」

なんでもペラペラ話してしまうためか、ヴィクトールが眉をひそめ苦言を呈する。

エルヴェは肩をすくめ、はーいと気の抜けた返事をした。

そこで初めて、フランシスが口を開く。

「ですが殿下。ベルナフィス嬢にも関係することです。この際ですから、手伝っていただくのはどうでしょう？」

（……私にも関係すること？）

となると、婚約のことだろうか。

ルミナリエが首を傾げているのを見てヴィクトールは渋い顔をしていた。が、大きく溜息を吐いてから頷いた。

それを聞き、フランシスは満面の笑みを浮かべルミナリエを見る。

以前のやり取りを彷彿《ほうふつ》とさせる笑みを思い出す。ルミナリエはぐっと唇の端を持ち上げ、頭に血がのぼらないように自分を制した。

「ではベルナフィス嬢、僕のほうから説明させていただきます。現在、四件もの連続殺人事件が起きていることは知っていますよね？」

「もちろんです」

「実を言うとこの件、なかなかに厄介《やっかい》でして。というのも、軍に内通者がいるのかこちらの動きが筒抜けなのです」

内通者。その単語に思わず顔をしかめてしまう。

「しかしそれは同時に、バルフ家がその内通者と通じていたということになります。上手く解決できれば、かなりの功績を残すことができることになるのですが……」

「はい」

「軍では、そういうことができないということですね。それで、我が家に協力を求めたいと」

フランシスがどこか含みのある肯定をする。

ルミナリエは嫌な予感がして、首を傾げた。

「他にも何かあるのですか？」

「……ええ、まあ」

フランシスは、一度ヴィクトールのほうを見る。

彼はさらに渋い顔をしたが、こくりと頷いた。

（何、どういうことなの？）

「この事件が起きたことでごくごく一部の軍関係者があることを噂しています。それが何かは知っていますか？」

「いいえ、知りませんわ………………あること、ですか？」

「はい。彼らはこう言っています。『こういう事件が続くというのは、何か理由があるはずだ』」

（確かに、そうね）

「『そういえば王太子殿下と辺境伯令嬢の婚約話が持ち上がっていたな？　なら悪いことが起きるのは――辺境伯令嬢と婚約をすることになったからではないか？』と」

「……は、い？」

あまりの暴論に、ルミナリエは絶句する。

しかし少しして頭が冷静になる。そこでようやく、なぜフランシスが「ルミナリエにも関係がある」と言っていたのかを悟った。

（つまり……このまま婚約してしまったら、その噂がさらに広まる確率が高いってこと？）

ルミナリエ自身は暴論だと思う。が、人間が何かと関係性を見つけたがる生き物だということは知っている。

そんな彼らからしてみたら、ルミナリエのせいにして全て押し付けたほうが気持ちが楽なのだ。いっときであれ、それで不安が怒りに変わって生きる気力が湧いてくるから。

すると、今まで黙っていたヴィクトールがルミナリエを見つめた。

「馬鹿馬鹿しいと思う。だが、このタイミングで婚約発表をしたらそういう話が広まるのは避けられない。なので今日はその件で話し合おうと、ベルナフィス辺境伯と夫人を王宮に呼んでいるんだ」

「そう、でしたの……」

「……わたしとしても、あなたにそんな負担を強《し》いたくない。だが……」

「……だが？」

「……だが。これも、相手の思うツボなのかもしれない」

「……何者かが、私とヴィクトール様との婚約をやめさせたいと。そういうことでしょうか？」

ヴィクトールは無言で頷いた。

（ヴィクトール様の言う通り、犯人は私と殿下の婚約をやめさせたいのかもしれないわ）

なぜかというと、事件が起きたのがヴィクトールが求婚をした後だったからだ。

ルミナリエはきゅっと唇を結ぶ。

「ヴィクトール様に一つお聞きいたします。――私との婚約を取りやめる気は、ありますか？」

「……な、に？」

「いえ、それも一つの解決策だと思いまして……」

別の令嬢にしたらすべて解決するなら、そのほうが双方にとってもいいだろう。そしてそこに、ルミナリエ個人の感情は含めてはいけないはずだ。

（感情的な私にしては、なかなか思い切った選択なのではないかしら）

そう思ったのだが、ヴィクトールがなぜか固まってしまった。場に重苦しい沈黙が落ちる。

そこでルミナリエはハッとした。

「そうですわよね、犯人の言うことを聞くなど、相手に屈したと同じことですわよね！　相手をつけあがらせるだけです。これから国の君主となるヴィクトール様が取るべき行動ではありませんでした！」

どうしてそこに気づかないのか。我ながら馬鹿だ。

「私としたことが、とんだ失礼を……」

「え、あ、ああ……そう、だな」

「はい！　ですので、今の話はなしということで！」

ブハッ。

ヴィクトールのとなりで肩を震わせていたエルヴェが、耐えきれないといった具合で噴き出す。

ヴィクトールはそんなエルヴェの足を、思い切り踏みつけた。

「エルヴェ。静かに、しろ」

「は……はーい……っ」

結局エルヴェはその後、腹の痛みと足の痛み、二重の意味で震えていたのだった。

妙な雰囲気になった客間を、フランシスが咳払いをして仕切り直した。

「そうなると、事件解決まで婚約発表を延期するかしないか、ということになりますね」

「そうだな……」

「私としましては、先ほどと同じ理由で延期にすることはよくないと思うのですが、どうでしょう？」

「……ベルナフィス嬢の言う通り、国家が犯罪者に屈すると思う人間も出てくると思います。ただ僕としましては、時間稼ぎにしかならないという点でそれほど有効ではないかと思います。……今回の件はおそらく、時間との勝負にもなってくると思うので」

「それはどうしてですの？」

そう聞けば、ヴィクトールが答えてくれる。

「国外逃亡の可能性が出てくるからだ」

「殿下の仰《おっしゃ》る通りです。犯人もこれだけ派手なことをしているのです、自身の存在がバレてもいいと思っているはず。それはつまり、逃亡しようとしている可能性が高いということを指します」

「確かに……」

「他国……それも敵対国に逃げられたら厄介です」

「ああ。犯人の一人は少なくとも、この国の軍事に関わりのある人物だ。情報を他国に渡されてはたまったものではない」

「なので僕らとしても、短期間でケリをつけたいのです。逃げられた後に婚約発表をしたとしても、事態が悪化する未来しか見えませんので」

ルミナリエはヴィクトールとフランシスの話を聞いて、ふんふんと頷いた。

「ならば、婚約発表までに片付けてしまえば良いということですね。分かりました、お手伝いいたします」

「……ベルナフィス嬢。随分と簡単に引き受けてくださいましたが、大丈夫ですか？　僕からしてみても、婚約発表準備と犯人捜索をいっぺんにやるのはかなり骨が折れる作業だと思うのですが」

「もちろん両親にも相談しますわ。ですが軍の人間が内通者の可能性が高いのなら……両親でなく私が動いたほうが良いと思います。だってそのほうが、相手も油断なさるでしょう？」

いくら用意周到な犯人だって、まさか貴族令嬢が動いているとは思うまい。

ポカーンとしているフランシスの姿に、ルミナリエは少しだけ笑った。

「というよりアルファン様はそういう意味で、私に声をかけたのだと思っていたのですが……違いましたか？」

「い、いえ……こんなにもたやすく承諾してくれるとは思っていなかったので、少し驚いただけです」

「失礼ですわ。私に頼みたいちゃんとした理由があり、それをきっちり話してくだされば引き受けます。特に今回は、私も他人事《ひとごと》ではいられませんから」

「……そうでしたか。ご協力ありがとうございます、ベルナフィス嬢」

フランシスが頭を下げるのを、ルミナリエは笑みを浮かべて見つめる。

「ああ。ですけれどアルファン様。私、先日の件であなた様と決闘をすることだけは忘れておりませんのよ」

「え」

「お時間あるときにでも是非、お手合わせお願いいたしますわ」

フランシスが顔をひくつかせる一方で、ルミナリエの笑みはより深くなっていく。

（残念だけれど、絶対に水には流さないから）

お返しは二倍、三倍返しが基本――それが、ベルナフィス家の家訓である。

フランシスがたじろぐのを見て、少しだけ胸がすく思いがしたルミナリエであった。

＊

その日の翌日からベルナフィス家のタウンハウスは、秘密の作戦会議場と化した。

今回の件は、両親共々喧嘩を売られたと考えたらしい。国王陛下からの延期提案を突っぱね、ひどく怒って帰ってきた。

普段なら猪突猛進《ちょとつもうしん》なミリーナを止める立場にあるシャルスも激怒していたのだから、相当だ。二人とも使用人という名の自慢の部下を使い、本気で調べ物をしてくれたのだった。

まず調べたのは、今回殺害された被害者たちの関係者のほうだ。

それぞれの被害者たちの親戚や友人関係を洗い出す。それを、各々二人一組になって空き時間に調べることになった。

ルミナリエが話を聞きにいくことになったのは、二件目の被害者である年若い軍人。

――ヨアン・オージェの幼馴染《おさななじみ》、デジレ・ツァントだ。

どうやら彼女は王都ではなく、王都の外れにある森の中に家を建てて暮らしているらしい。

情報を摑んできた部下曰《いわ》く、数年前までは王都で暮らしていた。だが、体を悪くしてからここで暮らすようになったとのことだ。

ヨアンもデジレも両親と死に別れたため、養護院で暮らしていた。それからも何かと関わりを持っていたのだから、よほど仲が良かったか恋人だったのかだろう。

森で暮らしているというのも、その養護院の院長に話を聞きようやく分かったことらしい。少なくともヨアン死亡時に調べたときには出てこなかった情報だったようだ。そう、フランシスが驚いていた。

ベルナフィス家の使用人たちを舐めないで欲しい。そういった情報をさりげなく集めるのが得意な、優秀な人たちなのだから。

辺境にいるため割と情報に偏《かたよ》りがある。だがそれをどうにかしたいと、ベルナフィス家は常に考えてきた。そのため、情報収集にかなり長《た》けているのである。

部下たちの功績を褒められ機嫌を良くしたルミナリエ。彼女は外套を羽織りフードをかぶってデジレのもとに向かったのだった。


(向かった……のは良いのだけれど)

さくさくと森の中を歩きながら、ルミナリエはちらりととなりを見た。

そこにはルミナリエと同じような格好をした青年、ヴィクトールがいる。

そう。今回の調査、ルミナリエはなぜかヴィクトールとやることになってしまったのだ。

しかも、執務中と称して王宮の秘密通路を使って抜け出し、わざわざここまで来ている。

四件目の現場でも出会うし、やはりかなり悪い状態らしい。というよりむしろ犯人たちとしては、「あの王太子が動くわけない」と思っているはずだ。そう考えると、大胆だが虚をついた行動だとも言える。

（さすがヴィクトール様だわ）

ルミナリエはそう思った。なぜだか分からないが、ちょっとだけ鼻が高い。

そんなふうに別のことを考えていると、木ばかりだった風景から一変道が拓け、家が建っているのが見えてきた。

割と小さな家だ。畑も耕されており、煙突からは煙も出ている。

煙が出ているということは、煮炊きをしているということだ。

つまり現在、中に人がいる可能性が高いということになる。それに、ルミナリエは少なからず安心した。婚約発表まで残り二週間もない。時間を無駄にするわけにはいかないからだ。

「あそこだな」

「そうみたいですね。ですけれど、なぜこんな場所に……」

「理由は分からないが……とりあえず、行ってみよう」

「はい」

腰に提げてある剣に左手を添えながら、ルミナリエは頷く。ヴィクトールが先行し、ルミナリエはその後ろについていった。

ゆっくりと足音を忍ばせて近づいていく。すると、家まで残り三十歩といったところでヴィクトールが制してきた。

「どうかなさいましたか？」

「……防音の魔術がかけられている」

「え……」

ヴィクトールの魔力感知能力にも驚いたが、魔術の件はそれ以上に驚いた。

ヴィクトールが剣を抜くのを見て、ルミナリエも同じようにする。

互いに目を合わせ、頷く。

それに合わせ、ルミナリエはドアの左側、ヴィクトールは右側の壁に体を添わせた。

耳を壁に当ててみたが、本当に何も聞こえない。ルミナリエはぎゅっと剣の柄を握り締める。

――バンッッ!!

ヴィクトールが、ドアをこじ開けた。

ヴィクトールに続いて飛び込んだ部屋の中には、覆面の男と少女がいた。

男が少女の両手を左手で押さえ、右手で首を締め付けている。

ヴィクトールとルミナリエが入ってきたのを見て、男が舌打ちをし右手でナイフを投げてきた。

ヴィクトールはそれを避けることなく剣で上に弾く。短剣は天井に突き刺さった。

それを見た男は窓を突き破って逃げる。

「待てっ!!」

ヴィクトールも同様に窓から出ていくのを見てから、ルミナリエは少女のほうへ走った。

「あなた、大丈夫!?」

少女は床に崩れ落ち、ゲホゲホと咳き込む。しかし涙目になりながら、首を横に振った。

「うし、ろ、っ！」

「ッッッ！」

ぼこりと、背後から何か音がする。

ルミナリエは少女に覆い被さりながら、早口で詠唱をした。

「突き立て、蒼銀の柱《シェーヌ・グラソン》」

バリンッ‼

ルミナリエの背後に氷の柱が突き立つ。それは床から天井にかけて伸び、中に何かを閉じ込めた。

氷の柱を生み出し相手の動きを止める中級魔術である。時間がなかったため細めの柱だが、今回はそれで十分だった。

閉じ込められたのは、土塊《つちくれ》でできた人形だ。使用者の意思に添って動き、土と魔力さえあればいくらでも創造できる土属性魔術特有スキル。

（いるのは、土属性魔術師か――――！）

すると、奥の部屋から誰かが飛び出してきた。

少女を引き寄せながら斜め後ろに避ければ、白銀の髪が数本宙に散る。

どうやら、剣で髪を切られたらしい。

そんな中でもルミナリエは冷静に相手のことを観察した。

（相手は、一人。顔を隠しているけれど、体格から見て男だわ）

体勢を整えようと足を踏ん張ったとき、目の前の男が勢い良く横へ飛んでいった。

ぎょっとして見れば、そこにはヴィクトールがいる。彼は片足を上げた状態だった。どうやら回し蹴りをしたらしい。

(いや、そうだとしても吹っ飛び過ぎじゃないかしら⁉)

いったいどれだけの力で蹴り飛ばしたのだろう。

思わず少女を抱き締めたまま呆然としていると、ヴィクトールが肩を掴んできた。

「大丈夫か！　怪我は⁉」

「え、あ、はい。ありません、が、」

「って、ああ！　髪が！　あなたの綺麗な髪が切れて⁉　クソッ、あのクズ……殺す」

「落ち着いてくださいな⁉」

ルミナリエはひしっとヴィクトールの腕を掴んだ。大げさと言われるかもしれないが、ヴィクトールの目が据わっていたからだ。

(この目は絶対にやる！　絶対にやるわ！)

「それよりも外に逃げた男は⁉」

「あっちには追跡魔術を付けて泳がせた」

「な、なるほど……それは確かに有効ですわね」

「それよりも髪だ。絶対に許さない……」

「いい加減、髪から離れてください……」

ルミナリエはぎゃいぎゃいと言いながらヴィクトールを宥《なだ》める。

（あれ、ヴィクトール様ってもっと冷静な方じゃなかった⁉）

理性の化け物だと思っていたのだが、今日は妙に感情的だ。

（もしかして……私が絡んでいるから、とか……？　いやいや、自意識過剰よ私）

でも今回のは、そう言えない気がする。

ルミナリエが色々な意味で混乱していると。

「……あ、の」

ルミナリエの腕の中にいた少女が声を上げた。ルミナリエは慌てて彼女を見下ろす。

「あらごめんなさい！　先ほど首を締められていたけれど、大丈夫、かし、ら、？」

少女を見下ろしながら、ルミナリエは固まる。

彼女は——白かった。

肌だけのことではない。髪もまつ毛も——瞳までも。

真っ白だったのだ。

漂白化。

ルミナリエの頭の中に、そんな単語が浮かぶ。

少女——デジレ・ツァントはそんな視線を浴びて、怯えたように肩を縮こまらせたのだった。

ヴィクトールが気絶させた男のことを縛ってから、ルミナリエはデジレと向き合って座っていた。

彼女は終始髪をいじりながら、俯いている。

すると、ヴィクトールがフードを取った。ルミナリエはぎょっとする。

（ちょっと、ヴィクトール様⁉）

オッドアイなど、王族にしか現れない特徴だ。一発でバレてしまう。王族が目の前にいると分かれば、デジレだって話しにくくなるだろう。

しかしヴィクトールの瞳は――両方とも、赤く染まっていた。

（もしかして……変化の魔術？　もしくは幻覚魔術だけれど……。そうだとしても、かなり高度な魔術だわ）

それをさらっとやってしまうヴィクトールは、やはりすごい。

そう驚いていると、ヴィクトールが自己紹介を始めた。

「はじめまして。俺の名前はヴィー、彼女はルミナ。お互い、下っ端の軍人だ」

（え、何、偽名？）

ヴィクトールが手を握ってくる。すると、魔力が流れ込んできた。

『ルミナリエ。合わせてくれ。あと敬語もなしで』

『あ、はい。分かりました』

ルミナリエはつられて、デジレに挨拶《あいさつ》をする。

行使されたのは、無属性系に分類される念話魔術だ。

使用者の腕が悪いと目的の相手に伝わらなかったり、不特定多数に意思が伝わってしまうことがある。そんな不便な魔術なのであまり使われていない。が、握った手を通じて魔力が送れる今回は有効だった。

　ヴィクトールが話を進める。

「実を言うと俺たちは、ヨアンさんの事件が未だ解明できないことに苛立ちを覚えてね。だから、友人だというあなたから話を聞きたくてきたんだ。……先ほど襲ってきた奴らは、そのヨアンさんと何か関係があるのだろうか？」

　するとデジレは、びくりと肩を震わせた。

　そして恐る恐る顔を上げる。

「……あたしのこの姿のこと、聞かないの？」

　その顔には未だ怯えが滲んでおり、ルミナリエの胸がつきりと痛む。

　この国には、デジレのように体の色素という色素がなくなってしまうことがあるのだ。

　そんな状態を、魔力回路欠損という。その名の通り、魔術を行使する際に稼働する魔術回路という機能に、何らかの理由で不備が起こることだ。そんな摩訶不思議な状態を恐れて、人々はそれを漂白化と呼んでいる。

　色によって魔力が現れるとされているこの国において、漂白化は致命的とまでいわれている。そのため大体の人間が、敬遠されたり迫害されてしまう。

　どうしてそんなことになってしまうのか、未だに原因は解明されていない。生まれたときからの人もいれば途中からいきなり色素が抜けてしまう人もいる、謎の多い問題だった。

　すると、ヴィクトールは首を傾げる。

「それは、初対面の人間が聞いていい話ではないと思うのだが。……それにあなたがどうあれ、ヨアンさんの友人だったという事実に変わりはないのだろう？」

「……それ、はっ」

すると、デジレはぽろぽろと涙をこぼした。それはとどまることなく溢れていく。

ルミナリエはおろおろしつつもポケットからハンカチーフを取り出し、デジレに差し出す。

デジレは何度か手を引っ込めていたが、ハンカチを受け取ると涙を拭い話を始めた。

「あたしとヨアンは……恋人だったの。でもあたしがこんなことになってしまって……彼はあたしの漂白化を治すために、たくさん頑張ってた。軍に入ったのだってそう、普通の仕事よりもお金が稼げるから」

痛みに耐えながらも、デジレはどこか懐かしむような。愛おしいものに触れるような口ぶりで、語っていく。

「この家もね、ヨアンが造ってくれたの。週に一度、ヨアンの休暇の日に二人で過ごすのが、あたしの楽しみだった」

「……そうだったのね。とても可愛らしくて、素敵なお家だわ。ヨアンさんの愛情がこもっているのだから、当然ね」

「……ありがとう。そう言ってもらえると、嬉しい」

そのとき初めて、デジレが微かだが笑みを浮かべた。

しかしその顔はまたすぐに曇る。

「ヨアンは、あたしのためにたくさんのことをしてくれた。彼がいなかったら、あたしは今生きていけてないと思う……でも、でもね。ヨアン、多分……あたしのせいで死んじゃったんだ」

「……何か、気になることでも？」

デジレは頷く。

「ここ数ヶ月、おかしいと思ってた。今まで持ってなかった通話用の魔導具を持ってたり、何か調べ物をしたりしていたから。……夜中に話してるのも聞いたことがあったし」

「魔導具？」

「うん。あいつらが探してたのは、その魔導具だと思う……」

ルミナリエとヴィクトールは、顔を見合わせた。

つまり彼らがここに来たのは、証拠隠滅のためだと考えられる。魔導具を回収しようとヨアンの家を調べたが出てこず。そこからさらに色々と調べているうちに、デジレの家に辿り着いたという辺りだろう。

「……ヨアンが来なくなってから、変だなって思って。あたし、勇気を振り絞って王都に行ったの」

そこから先の悲劇が、ありありと分かった。

聞きたくないと思う心を奮《ふる》い立たせ、ルミナリエは顔を上げる。

（これは。この話は。私が聞かなきゃいけないものだわ）

「そしたらヨアンが死んだって聞かされて……もう何がなんだか分からなくて。……でも、なんとなく死んじゃうのかなって……そう思えるような言葉、来なくなる前に残してたんだ、ヨアン」

「……それは、どんな？」

「……愛してるって。普段、そんなこと恥ずかしいって言わないのに……愛してるって。そう、言ったの……っ！」

デジレは耐え切れなくなったのか、声を上げて泣き叫んだ。

ルミナリエは立ち上がり、デジレの背中を撫でる。

彼女は一体今まで、ヨアンが亡くなってからどんなふうに生活してきたんだろう。

突然愛おしい人が来なくなって、そしたらすでに死んでいるということが分かって。

泣き叫びたいのに誰にも言えない、言える相手がいない。

そんな一人で抱えていくには重すぎるものを、デジレはずっと抱きかかえていたのだろうか。

「……本当に、愛してたのね」

お互いに。

そう呟き、ルミナリエはデジレの背中を撫で続けた。


デジレが落ち着いた頃、ルミナリエたちはとなりの部屋に入る許可をもらった。

となりの部屋は寝室だ。

ダブルベッドが部屋の大部分を占めている。だがそれ以外にも机や椅子、本棚やタンスなどがあった。どこも荒らされていて、なんだか無性に腹が立った。

（デジレさんとヨアンさんの思い出をぐちゃぐちゃにするなんて、許せない）

すると、デジレが目を瞬かせる。

「あれ、魔導具を入れてある場所、荒らされてない」

「！　それ、どこ⁉」

「えっと……ちょっと待って」

デジレはなぜか、本棚に向かった。犯人たちも本棚にはないと思ったのか、手付かずだ。

デジレはその中の一冊を抜き取り、開く。

それは本ではなく箱のようになっており、中にネックレス状の魔導具が入っていた。

「これ。ヨアンは、ここにいろんなもの隠すから……」

「……少し、見せてもらってもいいか？」

「ええ」

ヴィクトールは魔導具を手に取ると、眉をひそめる。

「……魔力が辿れないということは、対《つい》になっている魔導具は壊されているな」

「ヴィー、分かるのね。さすがだわ」

「……それくらいは、な」

「なのに魔導具を取りに行かせるって……ものすごく用心深い犯人ね」

「ああ。おそらく、魔力波長を調べられることを恐れたんだろう。そっちの線で辿れば誰だか分かるかもしれないが……明確な証拠とは言い難いな」

ヴィクトールの言う通りだ。この魔導具をヨアンが持っていたということだけで、ヨアンを殺した証拠にはなり得ない。

だけど諦めたくなくて、ルミナリエはデジレに許可をもらってから部屋の捜索を始めた。

デジレも手伝ってくれる。

「ヨアンは養護院にいたときからいたずらが好きで、いろんなものを隠してたの。そのくせに妙に警戒心が強くて……だからもし危ないことをしてたなら、何か残してるはず」

「なるほど。私もよくいたずらしていろんなものを隠してたから、気持ち分かるわ」

「そんなことしてたのか、ルミナ……」

「だって、父と兄が焦った顔して探すから……母と一緒にね、やりたくなるわよね」

ヴィクトールが呆れたような顔をするのを見て、ルミナリエはバツが悪くなり目をそらす。

(うう、恥ずかしい話をしてしまったわ……)

だがそれよりも、今は証拠探しである。

(隠しやすそうな場所、ねえ)

思いついたのは、机である。そこを重点的に漁《あさ》っていたら、指先にかさりと何かが触れた。

「あ。何かあったわ」

「どこに?」

「机の引き出しの裏」

「なぜそこを調べたんだ……」

「引き出しの上側よりも引っかかりにくいの。何か隠すのにはもってこいな場所よ？」

ルミナリエとヴィクトールのやり取りを聞き、デジレがくすくすと笑う。ルミナリエもつられて笑ってしまった。彼も呆れつつ笑ってくれる。

ヴィクトールの顔が割と近くにあることに気づいたルミナリエは、わずかに肩を震わせた。

（何かしら。敬語を使わずに話しているからか、距離が近い気がする……）

いきなり近くなった距離感のせいか、妙に胸がドキドキした。

それを誤魔化《ごまか》すために、ルミナリエは引き出しごと抜く。裏返せば、そこには封筒が貼り付けられていた。

中には一通の便箋《びんせん》と、小さな鍵が入っている。

便箋には、よく分からない文字の羅列《られつ》と数字の羅列が連なっていた。

『春告鳥　3.1.5　15.6.2　124.4.7　186.3.9
ファイルヒェン　6.4.8　62.3.3　80.1.5　104.2.6』

「……暗号？」

「かもしれない。さっぱり分からないが」

デジレに見せたが、彼女は少しだけ考えた後、首を横に振った。

「ごめんなさい。ヨアンの字だってことは分かるけど、それ以外はまったく分からない……」

「そう。ありがとう、デジレさん」

分からなくて当然だ。むしろヨアンとしては、自身の愛する人が危ない橋を渡らないようにするはず。なら、デジレには分からない暗号でなければならない。

ルミナリエは暗号をじっと見つめた。

「この暗号を解けば、この鍵が何を開けるためのものなのかも分かるかしら？」

「おそらく」

「そうよね……他にも何かないか、調べてみましょうか」

他の場所も探してみたが、収穫はない。

ヴィクトールも、いつまでもここにいるわけにはいかないのだ。抜け出したことがバレれば、余計動きにくくなる。

ルミナリエとヴィクトールはその手紙と証拠品の魔導具を大事に保管した。もしものときのために、追跡魔術をかけておく。

そして捕まえた男、デジレを連れてベルナフィス家のタウンハウスに戻ることにした。

＊

結局、デジレにはルミナリエの身分がバレてしまった。犯人にも、ベルナフィス家が関わっていることが知られてしまったかもしれない。

しかし仕方がない。あのままデジレを一人残しておくわけにはいかなかったのだ。放っておけば彼女は、殺される可能性が高かったのだから。

だからルミナリエは、その選択を後悔していなかった。

（お父様もお母様も、褒めてくれたし）

今デジレは、ベルナフィス家の使用人たちにもてなされている。

彼女の見目に皆驚きはしたものの、その程度だった。頻繁に魔物という、恐ろしい存在を見ているからかもしれない。

（確かに魔物と比べちゃうと、ねえ……）

どちらにしても、デジレは漂白化のことを除けばごくごく普通の少女だった。

かくいうデジレは、ルミナリエが貴族だということにひどく驚いていた。使用人たちに囲まれて生活をすることに、初めのうちは怯えたりしていたようだ。

しかし一週間ほど暮らしたらだいぶ慣れたらしい。今では笑顔もよく見せてくれるようになり、ルミナリエもホッとしていた。

ルミナリエの母、ミリーナの突然の抱擁《ほうよう》には、未だに慣れないようだったが。

そんな感じで、デジレはベルナフィス家の生活に馴染み始めていたのだが――


「暗号の謎が、一向に解けないのは！　どうしてなのっっ!?」

婚約発表まで残り四日に迫った日の夕方、ルミナリエは悲鳴を上げた。

そんな主人の姿に対して特に驚くでもなく、レレリラは風呂の準備をしている。

「ルミナリエ様。今日はどの薬草を入れます？」

「あー荒れた肌に効きそうなのにして」

「かしこまりました」

（ここ数日のストレスと徹夜のせいで、ぼろぼろだもの……ちゃんとしないと）

薬湯風呂は、薬草に魔術を使い溶け込ませたものだ。特にレレリラの入れる薬湯風呂は、一度入ればたちまち効果を発揮する。なので今日は入れば、このぼろぼろの状態もなんとかなるだろう。

ルミナリエはベッドに飛び込み、ごろごろと転がり始めた。

「もー本当にどうしてーどうして何も出てこないのよー婚約発表まで時間がないのに――」

デジレの家を訪ねてから現在まで、ルミナリエたちは時間の許す限り様々な場所へ赴《おもむ》いた。そのたびに、調べ物をしてきたのだ。

ヨアンの住んでいた寮にも行ったし、デジレの家を再度調べてみたりもした。他の被害者たちも同様だ。

ヴィクトールに至っては例の逃げた男のことを追跡したが、途中で姿をくらましたらしい。数日後死体が川から発見されたと知らされた。完璧に、トカゲの尻尾《しっぽ》切りだ。

今現在ヴィクトールは、魔導具の魔力波長を調べている。

しかしそれも魔力波長が王宮内の記録に残っていなければ、犯人と断定できない。徒労に終わる可能性が高いだろう。

いたずらに時間ばかりが過ぎていき、さらにはヨアンが最後に残した暗号の謎すら分からない。

正直、もうお手上げだった。これだけ探しても見つからない相手とは、どれだけ大きな人物が出てくるのだろうか。

ルミナリエは再度立ち上がると、テーブルの前に立つ。

そこには様々なことが綴《つづ》られ、書き殴られた大量の紙の山やら本やらが雑多に並んでいる。ここ数日整理できていないのだ。

こういった資料を勝手に片されるのをルミナリエが嫌うため、放っておいてくれたらしい。

(……片付けでもしましょうか)

行動が完全に現実逃避のそれだったが、正直もうやっていられなかった。

ぐちぐちと心の中で愚痴をこぼしながら、ルミナリエは紙をまとめていく。

(私だって、不幸な女呼ばわりなんかされたくない。ましてや利用されるなんて嫌よ)

第一の被害者の資料、第二の被害者の資料。

被害者ごとに紙をまとめるのは、もはや癖だった。

(でも、このままじゃ本当にそうなってしまう。私だけがそう言われるならまだいい。でもそれが、ヴィクトール様のバッシングにまで繋がるのは……絶対に嫌)

デジレのときもそうだったが、ヴィクトールは本当に優しいのだ。ルミナリエが危険だったときはすぐに助けに来てくれた。かなり過激だったが心配もしてくれた。

今だって、必死になって犯人を追ってくれている。王家の威信に関わるからだということもあるだろうが、純粋に嬉しかった。

今もなおヴィクトールは頑張っているのかと思うと、ささくれ立っていた心が少しだけ落ち着く。

紙の方の整理が終わったルミナリエは、本に手をかけた。

そこで気づく。

（あ、これ、リタ様に借りた本だわ）

二ヶ月近く経っているが、忙しさのあまり一ページも読んでいなかった。

早く返したほうがいいという思いと、読まずに返すのは失礼だという気持ちがせめぎ合う。

（どうしようかしら……）

そう思いながら、何気なく本のタイトルを眺めていたとき。

ルミナリエの目に、ある文字が飛び込んできた。

『春告鳥《ルスキニア》』

それは、リタから借りた数冊の本、その中の一冊に使われていたタイトルだった。

「……春告鳥っっ⁉」

まさかの邂逅《かいこう》に、ルミナリエは歓喜と驚愕が混じった悲鳴をあげたのだった。

＊

その翌日、ルミナリエはヴィクトールたちを呼び出していた。

暗号の謎が解けたからだ。

全員集まったのを確認してから、ルミナリエは『春告鳥』と書かれた本のタイトルを見せる。

「ヨアン・オージェが残した暗号ですけれど、この本の中に答えがあることが分かりました。文字のほうは本のタイトル、そしてこの数字は、ページ数、行数、その行の文字数です」

「それはまた……なんというか、分かりにくいな」

「はい、ヴィクトール様。本当になんと言いますか……選ぶ本がかなり独特だなと私自身思っております」

暗号を解くために一度読んだのだが、この物語の主人公はルスキニアという男装の麗人だ。舞台は、春が来ない国。

ルスキニアは、親に口減らしのために捨てられた。そんな彼女が女だという事実を隠し、生きるために騎士として腕を磨く。その過程で、春が来ない理由がある獣のせいだと知り、それを倒すためにさらに腕を磨くのだ。

彼女は最終的に、冬の獣・白氷の狼《イヴェール》と対決する。その末相討ち、冬を終わらせるという英雄譚だった。

ルスキニア、白氷の狼《イヴェール》。どちらもリクナスフィール王国にいる生き物の名前だ。

前者は春告鳥と呼ばれる鳥、後者は冬になると現れる魔獣の一種である。この話はそれを下地にして作ったものだろうな、とルミナリエは結論づけた。

まあ今回の問題はそこではない。

ルミナリエは数字を辿った結果、現れた文字をヴィクトールたちに見せる。

『マ　ク　デ　ィ　ー　ン　』

この国で、その名を持つのはただ一人。――マクディーン侯爵家だ。

「そうか……そちらも、マクディーン侯爵か……」

ヴィクトールが呟いた言葉を聞き、ルミナリエはぴくりと眉を揺らす。

「そちらも、ということは……ヴィクトール様のほうも、何か証拠を摑んだのですか？」

「ああ。先日の魔導具の魔力波長を照合した結果、マクディーン家嫡男・バスクトンのものと一致した」

「それは……！」

「ああ。後宮での一件といい……すべて繫がったな」

ルミナリエは、ぎゅっと拳を握り締めた。

そう。マクディーン家が一家ぐるみで悪事に手を染めていたのだとしたら、後宮での一件はすべて説明がつくのだ。

チェルノを部屋に隠し逃亡の手引きをしたのは、ブリジット・マクディーン。

つまりバルフ家は、マクディーン家となんらかの理由で繫がっていたか、部下だったのだろう。

もしそうだとすれば、軍事機能が麻痺していたのにも理由が付けられる。なんせマクディーン侯爵は、軍人だからだ。

エドナ、アゼレア、リタに対する疑惑が晴れたことは大変喜ばしいことだ。だが、侯爵家が王家に反逆していたというそれ以上の事実が現れてしまった。

「マクディーン侯爵は、軍でもかなりの権限を持つ上官だ。彼ならば軍内をめちゃくちゃにすることも可能だろう。今回の連続殺人事件も、彼らが行ったと見ていいとわたしは思う」

「はい、殿下。ただ僕としましては、彼らがさらに大きなことをする可能性を懸念《けねん》しています」

「大きなこと、ですか？　アルファン様」

「はい。たとえば……陛下の暗殺とか」

「それは……！」

ルミナリエは言葉を失った。

「あり得ない話ではない」

するとヴィクトールが淡々と話す。

「マクディーン侯爵は、どちらかというと過激な人物だ。周辺諸国を属国として治め、領土を広めようという考えを持っている。そのため、陛下の現政権にはあまり好意的ではないんだ」

「そんな……」

「もしマクディーン侯爵が陛下を暗殺しようとしているならば、わたしも標的になっている可能性が高いな。しかも、暗殺するのに最高の場が用意されている」

「それは……婚約発表パーティーのことですか」

「ああ、その通りだ。ルミナリエ」

婚約発表は王宮の大広間で開かれ、そこでパーティーも開くことになっている。確かに王族を狙うのであれば、これ以上ないタイミングだろう。

ヴィクトールの発言を聞き、フランシスが苦虫を噛み潰したような顔をする。

「ただ一つ大きな問題があります。……それに対する証拠が、何一つないということです」

フランシスの言葉を聞き、その場にいた全員が沈黙した。

ルミナリエは唇をきゅっと噛み締める。

(バルフ子爵家やマクディーン侯爵家が逃亡すれば、大変なことになるわ。陛下やヴィクトール様を暗殺する可能性が高いなら余計に。だから絶対に証拠を見つけなくてはならない)

もしその証拠があるのだとしたら――鍵はもう一つの暗号だろう。

ルミナリエはきっとまなじりをあげ、口を開いた。

「悲観するにはまだ早いですわ、皆様。もう一つの暗号があります」

「……そういえばそんなものもあったねえ……」

エルヴェがふんふんと頷く。

ルミナリエもこくりと首肯した。

「はい。一応我が家の書庫を一通り捜索してみましたが、このタイトルの本はありませんでした。ですので私、これから出かけて参ります」

「出かけるとは……どこへ?」

ヴィクトールが困惑げに首を傾げる。ルミナリエはできる限り明るい笑みを浮かべた。

「――リタ様のお屋敷に、ですわ」

＊

ルミナリエはそれから、息を切らせながら全力でリタの家に向かった。

実を言うとこの後、衣装の最終チェックがあるのだ。さっさと用事を終わらせて帰らなくてはならない。

突然の訪問に、リタはとても驚いた様子だったが笑顔で出迎えてくれた。

「それでルミナリエ様。今回はどんなご用件でしょう？」

「それなのだけれど……リタ様は、『ファイルヒェン』というタイトルの本をご存知ありませんか？」

「ファイルヒェン、ですか？」

リタは少しの間、顎に指を当ててから、首を横に振った。

「ファイルヒェン、という本は、聞いたことがありません」

「え……そ、んな……」

ここにきての壁に、ルミナリエは呆然としてしまった。

王宮の書庫に行くべきだっただろうか。しかしあの膨大な量の本から『ファイルヒェン』という名の本を探すのは不可能だ。時間も人手も足りない。

かと言って王宮の人間はイマイチ信頼できないのだ。その中にマクディーン家に加担している人がいれば、証拠が消されてしまう。

（どうする、どうしたら……）

ルミナリエが顔を覆い立ち尽くしていると、リタがわたわたと慌てる。

「ルルル、ルミナリエ様っ⁉　あ、あたし、何か言ってしまいました⁉」

「ち、違うのです……ごめんなさい。突然お邪魔したにもかかわらず、おかしな反応をしてしまって……」

「い、いえ……そ、そんなに大切な本なのですか……？」

「……そうなのです。絶対に見つけなくてはならないのです……」

するとリタがうーんとうなった。

「ファイルヒェンって、あれですよね？　ベーレント帝国の言葉ですよね？」

「……え？」

「あれ、違いました？」

「ご、ごめんなさい、知らないのです。もしベーレント帝国の言葉なら、この国で言うところのどういう言葉なのですか？」

「あ、はい。確か、スミレ《ヴィオレット》という意味だったと思いますよ」

（スミレ《ヴィオレット》――⁉）

ここにきてまさかの異国語での暗号とは。

ヨアンは、暗号が敵にバレていたときのことを考えてわざとひねった暗号を考えたのだろうか。

(だとしても、ひねりすぎじゃないかしら⁉)

まさかのひねりになんだか腹が立ってきた。

すると、リタがピンッと人差し指を立てる。

「……あ、『ヴィオレット』というタイトルの本ならあります」

「……っ！　それ、本当ですの⁉　ぜ、ぜひとも貸していただきたいのです！」

「もちろんですよ～」

リタは笑顔で了承してくれた。

リタが書庫から持ってきた本をルミナリエは早速開き、暗号の順に文字を辿る。

そうして現れたのは──『ビ　ザ　リ　ア　』。

(ビザリアって確か……王都から少し離れたところにある、ビザリア平原のこと⁉)

そんなところに何を隠しているのか。

もしかしたら、同封されていた鍵で開けられるものかもしれない。

とにかく早く屋敷に戻り、この情報を伝えなくてはいけない。

ルミナリエはリタの両手を握り、勢いよく振った。

「ありがとうございますわ、リタ様！　リタ様がベーレント帝国の言葉だと教えてくださったおかげですべて上手《うま》くいきそうです‼」

「ひ、ひぇっ⁉　そ、そんなに感激されるとは……ど、どういたしまして……っ？」

「このお礼はいつか必ず！」

「あ、はい！　婚約発表のときにお会いしましょうね－！　ルミナリエ様の勇姿、スケッチします」

「リタ様、絵も描けるのですか⁉」

「はい、もっちろん。最近の本には、挿絵も多いですから」

（それとこれとがどうして繋がるのか分からないけど、今はいいことにするわ！）

そう思いながら、ルミナリエは外に待たせていた馬車に乗り込んだ。


ベルナフィス邸に帰ってきたルミナリエは、解いた暗号を皆に話した。

すると、ヴィクトールが腕を組む。

「……今のわたしとルミナリエに、それをするだけの時間はないな」

ルミナリエはぐっと喉を詰まらせる。

そう。今のルミナリエとヴィクトールに、その時間はないのだ。

今日はこれから衣装合わせ。明日は最終の打ち合わせ、明後日は王宮に一日中いて婚約発表のためのリハーサルをする。そのため、ルミナリエはそのまま王宮に泊まることになる。

自由に動けるのは今日までだ。

となると、他の誰かに頼むことになる。

なんと言ったらいいのか分からず黙っていると、ヴィクトールが口を開いた。

「フランシス、エルヴェ。二人がビザリア平原へ向かえ。ここから馬を飛ばせば二時間くらいだろう」

「と言いますけど殿下……ビザリア平原ってめっちゃ広いんですがー……」

「エルヴェ、黙りましょうね。承《うけたまわ》りました、殿下」

「この際だから、訓練だと思って徹夜して探してくれ。必ず婚約発表当日までに見つけろ」

「うえ……はーい……」

エルヴェはがっくりうなだれつつ、出かける支度を始めた。フランシスも同様だ。

それを見たルミナリエは焦る。

「ヴィクトール様……お二人は殿下の側近ですよね？　御身が危険に晒されるかもしれない現状でそれは……っ」

「なんだ、心配してくれているのか？」

「っ、あ、当たり前ですわ！」

ルミナリエは肩を怒らせつつ声を上げたが、ヴィクトールはなぜか微笑んでいた。

「安心してくれ。あなたを置いて死んだりはしない」

どきりと、ルミナリエの心臓が跳ねた。

するとヴィクトールは、茶目っ気たっぷりのいたずらっぽい笑みを浮かべる。

「というより、あなたと結婚する前に死ぬなど、心残りがあって死に切れないさ」

「そ……そういうことを、冗談でも言わないでください……っ！」

「大丈夫だ、本気だからな」

(この方は、もうッッ……!!)

というより、ヴィクトールはこんな人だったろうか。こんなにもよく笑い、自分の思いを口にできる人だったろうか。

ルミナリエがいろんな意味で混乱していると、生ぬるい視線を感じた。

びくりと肩を震わせて見れば、部屋にいる全員がなんだかすごく優しい視線を向けてきている。

その中でも一番にやにやしていたルミナリエの母、ミリーナが、楽しそうに告げた。

「やだ……ルミナリエちゃん、すっかり殿下と仲良くなって……お母様、安心しちゃったっ!」

「ひ、ひえっ!?」

「これなら、結婚しても大丈夫そうね!」

「お、お母様……!」

(ああああ! 変な場面を皆さんに見られてしまった——!)

ルミナリエは赤面する。

こう言ってはなんだが、完全に二人の世界だった。

しかし赤面するルミナリエとは裏腹に、ヴィクトールは何一つ困っていなかった。すごい肝《きも》が据わっている。

ルミナリエが一人慌てている中、ミリーナが握り締めた拳を掲げた。

「こっちのことは安心なさい! うちの使用人たちも交代で向かわせるわ。食事も運ばせるから、あなたたちは心配しないで婚約発表に集中しなさいな」

「お、お母様……」

顔を上げれば、全員がこちらを見ている。その顔はとても頼もしくて、顔の熱がすうっと冷めていくのを感じた。

（そうよ、そうよね……私たちの周りには、こんなにも素晴らしい仲間がいるのだもの。大丈夫、大丈夫だわ）

なんとかなる。そんな気がしてくる。

ルミナリエはその日久々に、心の底からの笑みを浮かべたのだった。

＊

婚約発表の前日。

ルミナリエはもう何度目かになる王宮に、両親共々足を運んでいた。

いまいち気持ちが晴れず俯いていると、父シャルスがぽんっと頭を撫でてくる。

「これから幸せな報告をするのだから、そんな沈んだ顔をするんじゃない」

「だけれどお父様……まだ、見つかったという報告が上がっていないのよ？」

そう。あれから二日経つが、フランシスたちからの報告は上がっていないのだ。

ベルナフィス家の使用人たちも代わる代わる手伝いに行ったり、食事を届けに行ったりしていた。

だが、進展はないそうだ。

それもそのはず。ビザリア平原はとても広いのだ。花々が咲き乱れるだけで何もない原っぱなのだが、それが逆に探索を遅らせていた。

フランシスは土属性魔術を使える魔術師だ。なのでそれを使って地面に何か埋まっていないのか確かめているらしいが、外ればかりらしい。

彼らを信じていないわけではなかったが、それでも。不安は日を追うごとに増して、ルミナリエの心を曇らせる。

すると、ミリーナもよしよしと頭を撫でてくる。

「ルミナリエちゃん。その件はもう、忘れちゃいましょう」

「……え、それは」

「ミリーナ、さすがに忘れるっていうのは言い過ぎじゃないか？」

シャルスが呆れ顔をする。

すると、ミリーナがちろりと舌を出した。

「ごめんなさい、あなた。でも、それを気にするのはルミナリエちゃんの仕事じゃなくて、わたくしたち大人の仕事でしょう？」

「……お母様」

「まぁ、ミリーナの言う通りだな」

「お父様……」

シャルスがくしゃりと微笑む。

「むしろルミナリエ、お前は今すごいことをしているんだ。軍すら辿り着けていなかったことを暴こうとしているんだぞ？　だから、それを負担に思う必要はない」

「……だけれど私、王太子殿下の婚約者になるのに……」

「それがどうした。まだ結婚していないじゃないか」

（でも……）

「いや、結婚していたとしても、ルミナリエはベルナフィス家の人間だ。そしてわたしたちには、子供を守る義務がある。……もしルミナリエに対してあらぬ噂をする奴らが現れたら、必ず守るさ」

「そうよ、ルミナリエちゃん。それに皆、今できる全力を尽くして事件を解決しようとしているわ。……ルミナリエちゃんは国のトップに立つのだから、皆を信じてどーんと構えなさい！」

それを聞き、ルミナリエはぐっと涙をこらえつつ何度も頷いた。

（そうだわ、私が今できることは、みんなを信じること……）

もし最悪の事態になったときは、そのときだ。今考えるべきことではない。

そう、ルミナリエが心を奮い立たせたときだった。

――かつん。

どこかから、軍靴《ぐんか》の鳴る音が聞こえてきた。

見れば、廊下の向こう側からある人物が歩いてくる。

その男を見たとき、ルミナリエの中に雷が落ちたような、そんな衝撃が走った。

赤毛のくせ毛をきっちりと固め、アーモンドのようなつり目をした熟年の軍服男性である。あちこちにシワがあるが、軍人らしい筋肉質でありながらがっしりとした体つきをしている。

その面影はまさしく、ブリジット・マクディーンと同一だった。

つまり彼は。

(ゴドウィン・ドミヌス・マクディーン侯爵……！)

今回の事件における黒幕だと思われている、マクディーン侯爵家当主その人だった。

そんな男を見ても、シャルスはうろたえない。それどころか、いつもは絶対に浮かべないような柔和《にゅうわ》な笑みを浮かべた。

「これはこれは。マクディーン侯爵ではないか」

「ベルナフィス辺境伯か。……そうか。明日は婚約発表だったな。前日からご苦労なことだな」

「ああ。そちらも、最近忙しいのではないか？　もう若くないのだから、ほどほどにしておいたほうがいい」

「……その言葉、そっくりそのまま返そう」

ばちばちと、シャルスとゴドウィンの間に火花が散る。両者一歩も引かず、言葉での戦いを行っていた。

そのやり取りを見て、ルミナリエは彼の娘であるブリジットを思い出した。

(前まで、ただ高飛車なだけだったと思ったけれど……今なら分かるわ。マクディーン家の人間は、私たちリクナスフィール王国の貴族たちを見下している)

国をやすやすと裏切り、自分はまるで王者のように他者を操っている。そのことに、頭に血がのぼる。腹が立つ。

しかしここで手を出しても、なんの解決にもならないということは分かっていた。ルミナリエは手のひらから血が出るほど拳を握り締め、こらえる。

すると、ゴドウィンがルミナリエのほうを見る。

彼はにやりと、不気味なまでの笑みを浮かべた。

「——明日は、忘れられない日になるだろうな」

それではわたしは、これくらいで失礼する。

ゴドウィンはそう言い残すと、軍靴を鳴らしながら廊下の向こう側へ行ってしまった。

ルミナリエの胸の中に、もやもやしたものが残る。ぞわぞわと肌が粟立《あわだ》つような感覚に、身震いした。

(何よ、あの言い方……)

まるで、婚約発表パーティーで何か起こると。そう言っているようではないか。

ルミナリエは唇を噛み締めつつ、顔を上げる。

(絶対に、あの男の思う通りになんかさせない……！)

胸に闘志を燃やしながら、ルミナリエは前へと進んだ。


——しかし婚約発表の朝。

ルミナリエのもとに「エドナ・グランベルが攫《さら》われた」という衝撃の情報がもたらされた——

五章　おてんば辺境伯令嬢と王太子の円舞曲《ワルツ》

エドナ・グランベルが攫われた。

その情報をもらったのは、ルミナリエが朝、婚約発表用のドレスに着替えていた最中だった。

婚約発表用のドレスは、全体の色がペールブルー、ヒップの辺りに鮮やかなラピスラズリ色の布で薔薇を模した花が咲く鮮やかなものだった。

ルミナリエはそれを着たまま、ヴィクトールのいる部屋まで駆ける。

「失礼いたします！」

ドアを開ければ、ヴィクトールやルミナリエの両親がいる。

簡易的な挨拶《あいさつ》を交わした後。ルミナリエはベルナフィス家にやってきたグランベル家の使者に話を聞くことになった。

彼が言うには、昨夜突然侵入者が入り込みエドナを攫っていったという。そのときにエドナを守ろうとした数名が負傷。現在グランベル家は、婚約発表パーティーに出るどころではない状況にあるという。

その中には見知った顔――チェルノ・バルフもいたという。

グランベル伯爵は現在、動かせるだけの人数を動かしてエドナを探しているそうだ。

ヴィクトールは部下を使い国王夫妻にもそれを伝えるように言伝《ことづて》を頼む。そして、ぎりっと歯を食いしばった。

「そうか、そういうことか……完全に忘れていた……！」

「ヴィクトール様、それはどういう意味ですの？」

「チェルノ・バルフがどうして、エドナ・グランベルにこだわり続けていたのか。その理由に思い至ったんだ」

「理由……？」

ヴィクトールは渋面《じゅうめん》で頷く。

「ああ。エドナ・グランベル。彼女には――治癒の力がある」

ルミナリエは息を呑んだ。

（エドナ様に、治癒の力が……⁉）

確かにエドナの瞳の色は、エルヴェ――治癒魔術師が持つ緑色だった。

しかし緑色の瞳は風属性魔術師も持つ色である。そのためその可能性を考えたことはなかった。

ヴィクトールが早口で言う。

「治癒魔術師は、国における宝だ。その中でもその情報を秘匿された彼女を連れ去り敵国に連れていくとしたら」

「それはリクナスフィール王国にとっての痛手になりますわ。敵国に力を与えることにも繋がります」

「ああ。ついでに言うなら、そんな彼女を連れていったバルフ家はそれ相応の待遇を受けることになるだろう」

(でも、いくつか気になることがあるわ……)

「どうしてエドナ様は秘匿されていたのですか？　治癒の力を持つならば、性差関係なく軍に集められ、治癒魔術を学ぶことになっていたはず」

「……グランベル家に、グランベル嬢しか子がいないからだ」

「あ……」

そう言えばリタも、そんな話をしていた気がする。

「グランベル伯爵に頼まれ、そういう理由ならと陛下が秘匿することになされたのだ。グランベル家は国に尽くしている家系だからな」

「はい……」

「……しかし秘匿こそしたが、グランベル嬢に治癒の力があるということは資料として残る。そんな資料を見られるのは……マクディーン侯爵くらいだ」

つまりそれは。

マクディーン侯爵がバルフ子爵に話を持ち掛け。エドナを口説《くど》き落とすようチェルノをけしかけたということだろう。

エドナがチェルノに恋をしたとしたら、駆け落ちという形で連れていける。

しかしそうはならなかった。そのためマクディーン侯爵とバルフ子爵は、今日強硬手段に出たのだ。

（ほんっとうに、性格の悪い……！）

なんというタイミングでやってくれたのだろうか。

今日は婚約発表パーティーということで、王宮の警備が強化されている。地方にいる軍人もこちらに回されており、皆の視線が婚約発表パーティーに集まっていた。上手くいけば普段より楽に国外逃亡ができるはずだろう。

そしてこのタイミングで売国奴《ばいこくど》を逃したとなれば――現王家の信頼は地に落ちる。

国の宝である治癒の力を待つ人間を外に出したとなれば、なおさらだ。

（何から何まで、手のひらの上で転がされているような気がするわ……!!）

ルミナリエはダンッ！　と床を踏みつけた。パキパキと、敷かれていた絨毯《じゅうたん》が凍る。

普段なら咎《とが》めるはずの両親も、そのときばかりは無言だった。

ヴィクトールがうなる。

「昨夜グランベル嬢を連れていったということは、そう遠くまでは行っていないはずだ。……ルミナリエ。あなたは彼らがどこのルートを使って国外逃亡すると思う？」

「どこって……そんなの、私に分かるはず……っ」

ルミナリエは首を横に振った。

（私が諦めてどうするの……！）

諦めるということは、エドナを諦めるということと同義だ。そんなことは絶対にしない。

そしてヴィクトール様は、私のことを信じてくださっている……！）


（ヴィクトールがそんな質問をしたということは。

そんな彼の期待に応えるのだ。

（思い出せ、思い出せ……っ！　エドナ様の家に行って、私はチェルノ・バルフの手紙を見た！

あの男は性格上、なんでも自慢していたわ。なら何かしらの情報を残しているはず……！）

昨夜から現在まで、だいたい十時間ほど経過している。それを加味した上で、可能性を考えるのだ。

移動し始めた時間は、夜。移動手段は馬車だ。夜の見通しの悪さを入れても、かなりの距離移動できる。

魔術的な強化や風による負担軽減など、魔術師なら様々な方法で馬の負担を少なくできるのだ。馬の脚が速ければさらに遠くに行けるはず。

バチバチと、頭の中に火花が散る。

そのときルミナリエの中で、手紙に書いてあった一文がきらめいた。

『港町に懇意にしている商人が所有している小型遊覧船があるので、貸切にして一緒に乗らないか』

港町。

この国でいう港町は、一つしかない。

――アジュール。

ここからさらに南へ百キロほどのところにある、大きな港町だ。

そこから海を渡っていけば、陸路を使っていくよりも確実に国外逃亡できるだろう。

(そうよ、海を越えた先には、ベーレント帝国がある)

ベーレント帝国。そこは、新王になってから領土を広げるために近隣諸国と幾度も戦争をしている国である。リクナスフィール王国にとっては敵国と呼べる国だ。

もしバルフ家がベーレント帝国に向かおうとしているのであれば。

――ヨアンが暗号でベーレント帝国の言葉を使った意味も分かる。

(ヨアン、ごめんなさい！　すごいヒントだったわ！)

「アジュール！　もしバルフ家が国外逃亡を図るのだとすれば、向かう先は港町アジュールですわ！　そこには、先日の連続殺人事件で一番目に殺された商人が所有していた小型遊覧船があります」

「……そうか。確かにその可能性が高いな。――すべて繋がった」

「はい。敵は、ベーレント帝国の間諜《かんちょう》ですわ」

「ああ。……絶対に止めなければならないな」

そう言うと、ヴィクトールが部下を呼び出しアジュールにいる支部と連絡を取らせた。

少しして、ヴィクトールはため息を漏らした。

「船はもう、港にはないようだ。すでに出た後だな」

「そんな……！」

（希望が見えたかと思ったのに……！）

ルミナリエが力なく床に崩れ落ちると、ミリーナがそっと肩を摑んで撫でてくれる。

「……ルミナリエちゃんは頑張ったわ。あとはアジュールにいる軍人に任せましょう」

「だけれどお母様、今よりもっと先に行かれたら、同じように船を使っても追いつけないわ……！

それにベーレント帝国が絡んでいる可能性が高い以上、彼らがきっと待ち受けている！」

ミリーナは押し黙った。それは、ミリーナも理解していたことだろう。

それはもうどうしようもない、本当にどうしようもないことだった。

悔しくて悔しくて涙が出る。

しかし――

「……どうにかできるかもしれない」

ヴィクトールが、そう言った。

確かに、そう言ったのだ。

ルミナリエは、顔を上げた。

するとヴィクトールが、優しく笑いながら手を差し出してくる。

「が、この無茶振りはルミナリエがいなければできない。どうだろう――わたしと一緒に、戦ってくれないか？」

ルミナリエは、差し出された手とヴィクトールの顔を見比べる。

その目は嘘を言っているわけでも、ルミナリエを慰めようとしているわけでもなかった。

ただ純粋に、ルミナリエの力を必要としている目。

その瞳に吸い込まれるように、ルミナリエは手を伸ばす。

「――もちろん、ですわ」

手を摑んでそう笑えば、ヴィクトールが力強い手でルミナリエのことを引き上げ、涙を拭ってくれた――

＊

エドナ・グランベルは目を覚ました。

真っ暗だ。体が動かず確認してみれば、縄でぐるぐる巻きになっている。

グラグラという独特の揺れ方に、頭までもが揺れてめまいがしてきた。

確実に、王都にあるグランベル家のタウンハウスではなかった。グランベル領の屋敷でもない。

――ここは、どこ？

頭を振って何が起きたのかを確認する。

そこでようやく、エドナは自身が攫われたことを思い出した。

「……そうです。わたしは、チェルノに……」

昨夜、グランベル家のタウンハウスに何者かが侵入してきたのだ。

その中の一人はチェルノだった。

覚えているのはそれだけで、あとは途切れている。それはおそらく、今の今まで一度も目を覚まさなかったからだろう。

得体の知れない恐怖に、エドナは身を震わせた。

——怖い、怖い。

——誰か、誰かいないのですか。

助けてほしい。そう思う。

自分では絶対に、こんなのどうにもできない。

頭が混乱した。

でも貴族令嬢としての矜持《きょうじ》も捨てられず、エドナは何度か声もなく喘《あえ》いだ。

そのときに浮かんだのは、不思議と彼《か》の少女の顔。

銀色の長髪が光を浴びて虹のように輝き、澄んだ水のような瞳がまっすぐこちらを見ている。

初めて見たときから綺麗だと思っていた。だが、助けてくれたときの彼女はより一層強い色彩を放ってエドナの記憶に焼きついた。

——ルミナリエ、さまっ……！

そう思ったとき、きい、と音がした。突如として入り込んできた光に目を焼かれ、エドナは目を細める。

「なんだ、起きたのか」

その声は、エドナがこの世で最も嫌う男のものだ。

チェルノ・バルフ。

今まで人を恨んだり憎んだり嫌悪したり。そういうことをほとんどしたことがなかったエドナが初めて、そういう感情を抱いた相手だ。

彼はニヤついた顔をしながらエドナのほうに近寄ってくる。

嫌悪感を抱いたエドナは、顔をしかめ後ずさりした。

「そんな顔をされるなんて心外だな」

「っ、来ないで！」

そう叫んだが、チェルノはニヤニヤしながら近づきエドナの顔を掴む。そして無理矢理、顔を上に向かせてきた。

より顔を歪ませると、チェルノは嗤《わら》う。

「そんな顔するなよ。どんなに嫌がろうが、君はこれから僕の花嫁になるんだからさ」

「……は？　何を言っているの」

「状況が分かっていないみたいだから教えてやるけど、君は今船の中にいるんだ。そしてベーレント帝国に連れていかれる。君はそこで治癒魔術師としての訓練を受け、帝国のために尽くす道具になるんだ」

「……ちゃんとした言語を喋って頂戴《ちょうだい》。わたしがそんなことするわけ、ないでしょう？」

エドナは努めて平静を装いながら、そう言い放った。

なぜチェルノが、エドナに治癒の力があることを知っているのか。聞きたいことは山ほどあったが、焦りを悟られたくなかったエドナはそれを聞かなかった。本当は怖くて仕方ないが、それを悟られるほうが恐ろしかったからだ。

しかし体は正直で、震えてしまう。チェルノはそれを感じ取ったのか、よりニヤついた顔をした。

「いや、君はするさ。そして僕の花嫁になる。――帝国には、人の意思を捻じ曲げて傀儡《かいらい》にする力があるからね」

「――――ッッッ‼」

「大丈夫、安心すると良い。君は最後まで、僕とベーレント帝国のためにその命を散らすだけ。それは幸福なことだと、刷《す》り込んでくれるらしいから」

――敵国であるベーレント帝国の犬になるだけじゃなく、この世で一番嫌いな男の花嫁にさせられる？

チェルノが何を言っているのか、分からない。分かりたくない。

なのに、エドナの体はガタガタと大きく震え始める。

もし本当にそんなふうになるのだとしたら、死んだほうがマシだ。

――怖い、怖い。

――誰か、誰か……っ。

――ルミナリエ様、お願い、お願いっ……！

――助けて――――ッッッ!!


そう心の底から絶叫し、固く目を瞑《つむ》った。

そんなとき、だった。

ゴォォォンッッッ!!!

凄まじい音を立て、船が大きく揺れたのだ。

その揺れにより、チェルノはエドナがいるほうとは逆の壁に飛ばされる。エドナも逆側の床へと転がった。

壁に全身を強く打ち付けたチェルノは、苛立たしげに叫ぶ。

「なんだよ、一体!!」

すると、部屋に誰かが入ってくる。

まだ年若い青年だ。下っ端だろうか。

「チェルノ様!」

「何、何が起きた!?」

「それが、そのっ」

青年は焦っているのか、言葉を上手く紡げないようだった。

「なんだよ、ちゃんと言え!」

「あ、あの……海がっ」

「海がどうした！」

「――船の周りの海面が、凍りました……!!!」

「……は？」

チェルノがあんぐりと口を開ける一方で、エドナはある人物のことを思い出した。

――ルミナリエ様。

「……また、助けてくださるのですね」

そう呟き、エドナはぽろりと涙をこぼした。

*

高度二千メートル、距離一万メートル。

銀色の髪をなびかせ、ペールブルーのドレスをはためかせながら、ルミナリエは魔術を放った。

――『時止まる栄華の庭《ル・ジャルダン・ダンタン》』。

ルミナリエが使える氷属性魔術の中でも、最も影響範囲が広い魔術だ。非常に侵食性の高い魔術で、魔術使用時に使った魔力が続く限り氷の花咲く庭園に変え続ける。

そのため、何かで砕いたり火属性魔術で溶かしたとしても喰らい続けることができるのだ。

凍らせる対象が水なら、侵食は余計進む。

（――無事命中したわ）

照準器《スコープ》から見える光景を見て、ルミナリエはほっと胸を撫で下ろした。

距離がかなりあったため正直怖かったのだが、狙ったのは船本体でなく海面だ。予想よりも船の近くに当てられなかったのだが、侵食性の高い魔術のおかげでなんとかなったようだった。

構えていた銃身の長い魔導銃《まどうじゅう》を下ろしながら、ルミナリエは大きく息を吐いた。

共に銃を支えてくれていたヴィクトールは、そんな彼女を見て顔を曇らせる。

「ルミナリエ、大丈夫か？　反動で痛みなどはないか？」

「心配してくださりありがとうございます、ヴィクトール様。ですが大丈夫です。――それよりも、早く進みましょう。二十分ほどは足止めできますが、それ以上は無理だと思いますので」

「分かった。それまでの間に、再度撃てるよう魔力を溜めておいてくれ」

「はい」

ルミナリエはこくりと大きく頷いた。

すると、ばさりと大きな羽音がする。

その音の正体は――漆黒の鱗《うろこ》と金色の瞳を持った竜。

黒竜はヴィクトールの命令に従い、滑るように空を舞った。

『……どうにかできるかもしれない』

ヴィクトールがそう言った理由は、二つある。

一つは、ヴィクトールが契約している黒竜・ジャードノスチ。

そしてもう一つが、ルミナリエが現在手にし、はめ込まれた魔石に魔力を込めている物体。――超遠距離狙撃魔導銃の存在があったからこその言葉だった。

ジャードノスチ。この竜は、現在のリクナスフィール家が所有する竜種の中でも最強と言われている竜である。その速度たるや凄まじい。能力値も高く、乗り手に負担がかからないよう防御魔術を展開したり、上空で停止することも可能だ。

今回ブレることなく魔導銃を使うことができたのは、ジャードノスチのお蔭なのである。

（ヴィクトール様が支えてくださったというのも、とっても心強かったわ……）

超遠距離狙撃魔導銃は、現在軍が研究している武器の一つだ。

従来の遠距離狙撃魔導銃では二千メートルまでしか飛ばすことができない。だがこれはそれよりもさらに遠く、数値にすると、最高で一万メートルまで飛ばせるように改良した研究段階の魔導銃である。

代わりに一つの魔術しか組み込めず、一発あたりの消費魔力も多い。そのくせ、銃本体や魔術師への負担も大きいという。耐久テストでは五発ほど撃っただけで、銃にはめ込まれた魔石が割れたらしい。

その上距離を伸ばすことのみ特化させたため、狙って人間に当てることはほぼ不可能に近い設計だとか。そのため戦争時に使うのは無理だと匙《さじ》を投げられ、お蔵入りしていた代物だという。

しかし。

今回のように個体対象に当てるつもりがなく、足止めのためなら話は別。広域系魔術を広げる目的で放つ場合にはむしろ、有効と言っていいだろう。

お蔭で午前中にやる予定だった記者会見は、パーティーと同時にやることになってしまった。

だが今回のことは、それをやるだけの価値があること。そのため国王陛下も許可してくれ、アジュールの一軍を動かす権限もくれたのだ。

ヴィクトールの腕に抱えられながら、ルミナリエは今まで聞かなかったことを聞いた。

「ヴィクトール様。一つ、聞きたかったことがあったのですが」

「なんだ?」

「……この魔術を使うのでしたら、母でも良かったと思うのですが」

ヴィクトールがルミナリエを頼ってくれたのは、ルミナリエが氷属性魔術師だからだ。

しかし魔術師としての能力や今までの経験の量でいえば、ミリーナのほうが上である。より正確性を狙うなら、ミリーナのほうが良いと思うのだが。

そう自分で言っておいて、なんだか胸の奥がもやりとした。それが事実なのになぜ、こんなにも嫌な気持ちになるのだろう。

するとヴィクトールが首を横に振る。

「ジャードノスチは、わたし以外だとルミナリエしか乗せてくれないんだ」

「……え?」

「竜種は、強ければ強いほど気難しい性格をしているからな。だから、背中に乗せる対象も選ぶ。

わたし以外だと、わたしの伴侶《はんりょ》であるルミナリエしか許してくれないんだ」

「そう、なのですか」

明確な理由が分かりすっきりしたはず。そのはずなのだが、胸の奥にたまったものは未だに拭えないままだった。

（……いけない。まだ撃たなければいけないのに）

魔力を込めながら、ルミナリエは自分を叱責する。

時間がないため着替えることができなかったルミナリエは、今回足止めをすることが仕事なのだ。

他に意識を向けている暇はない。

なのにどうしてこんなにも嫌な気持ちになるのだろう。

ルミナリエ自身も自分の気持ちが分からず、持て余していたときだ。

ヴィクトールが、笑った。

「――というのが、建前的な理由だが。実を言うと、本音は違う」

「……は、い？」

ルミナリエはきょとんと、ヴィクトールを見上げる。

彼はジャードノスチにかけた手綱を握りながら、目を細めた。

「共に戦うなら、ルミナリエが良かった」

「え」

「ここに乗せるなら、ルミナリエが良かった」

「っ、あ……」

「だがこんな私情でしかない本音、王太子であるわたしが言っていいものではないからな。……秘密だぞ？」

いたずらっぽくそう言うヴィクトールを見て、ルミナリエはこくりと頷く。そしてすぐに俯いた。

（今の顔、ヴィクトール様には見せられない……）

鏡を見なくても分かる。ルミナリエの今の顔は、だらしないほど緩みきっていた。

ヴィクトールの本音を聞いただけなのに胸のもやもやが晴れ、代わりに喜びでいっぱいになる。

自分でも単純だと思うが、嬉しかったのだ。

そして自分が抱いていた感情の正体を悟る。

（そう……これが、嫉妬）

つまり。

（私は本当に――ヴィクトール様のことが好きなんだわ）

そう認めたら、驚くくらい気持ちが落ち着いた。

ルミナリエは魔導銃を抱え直し、唇を嚙み締める。

そして目を瞑り、意識を切り替えた。

次に瞼《まぶた》を開けば、胸の奥には闘志が燃えたぎっている。

（待ってて、エドナ様――必ず助けるから）

心優しい友人の顔を思い浮かべながら。

ルミナリエは魔石に魔力を溜めることに集中したのだった。

十キロほどの距離を、ジャードノスチは二十分かからず駆け抜けた。

初めて見る海は本当に青く、いっぱいに広がっている。塩気のある風を感じながら、ルミナリエは「こんな理由で来たくはなかったな」と思う。

その間に友軍の船も観測し、ヴィクトールは目測で、

「到着まで一時間、かかるかかからないかといったところだな」

と告げた。

一時間、何がなんでも足止めしなければならない。

そんな青い海の上で、氷に侵食されながら浮かぶ船が一隻ある。

そろそろ二十分経つからか、周囲の氷が割れ始めていた。

ルミナリエは二発目を海面に打ち込み、足止めを継続する。

ヴィクトールはジャードノスチに、

「わたしが降りた後は、五十メートルほど離れた位置を保って飛んでいろ」

と命じていた。

「ルミナリエ。わたしはグランベル嬢を救出するために降りる」

「……はい。ご武運を」

ルミナリエがぎゅっと銃を抱き締め頷くと、ヴィクトールが頭を優しく撫でてくれた。

「大丈夫だ。でも、周囲の様子を確認しておいてくれ」

「分かりましたわ」

「もし何かあれば、援護を頼む」

「はい」

ヴィクトールはそれだけ言うと、ジャードノスチを船の三十メートルほど上にまで飛ばす。そしてその位置から降り立った。

ルミナリエがジャードノスチの手綱を取ってから下を見る。だが、ヴィクトールは難なく甲板に降り立ち、敵を蹴散らしている。

ジャードノスチが主人の命令通り、船から距離を置くために羽ばたいた。

翼の音を聞きながら。ルミナリエは魔石に魔力を溜め始めた。

(ヴィクトール様、必ず帰ってきて……)

——友軍の船が到着するまで、残り五十六分。

＊

ヴィクトールが甲板に降り立つと、甲板に出ていた数人が一瞬唖然とした顔をした。

彼らが驚いていている隙に一人の鳩尾《みぞおち》を殴り沈めれば、場はまるで蜂の巣をつついたかのような騒ぎになる。

その反応から、ヴィクトールは相手が「実戦経験がない素人」だということを判断した。

初めて見る竜の存在やルミナリエが放った氷魔術の影響も大きいと思う。だが今まで潜伏し、そろそろ目的を達成できそうだと気を抜いていたのも悪かったのだろう。彼らは確実に焦っていた。

焦りすぎたのか、一人が甲板から落ちる。

――この分なら、なんとかなるかもしれないな。

そう思いながらも。

ヴィクトールは気を抜くことはせず、突っ込んでくる敵を一人一人片付けることにした。

鞘付きの剣で殴り飛ばし、丁寧に気絶させていく。それと同時に睡眠薬と同様の効果をもたらす意識消失魔術をかけることも忘れない。仕留めそこなった敵に殺されてきた味方を、何人も見てきたからだ。

六人目を沈めた頃、見知った顔が現れる。

髭面《ひげづら》の男、バルフ子爵だ。

彼はヴィクトールの存在を認めると、わかりやすいくらいはっきり顔を歪めた。

「お、王太子がなぜこんな場所に……！」

「それはこちらのセリフだ、バルフ子爵。お前こそなぜ、こんな国境沿いの海をたゆたっている」

「っ！」

「ああ、言わなくてもいい、売国奴《ばいこくど》の話など聞きたくもない。それよりも言いたいのは、あれだ。

――愚かな息子を持つと苦労するな？」

「っ！　なんだと⁉」

するとドアを蹴破る勢いで、チェルノが飛び出してきた。

バルフ子爵が頭を抱える。

そんな子爵の苦労など知る由《よし》もないのか、チェルノが早口でまくし立てた。

「僕のどこが愚かだというのだ！」

「愚かだろう、お前が後宮で下手《へた》なことをして捕まったから手間も増えた。グランベル嬢への手紙で自慢話をしたから、今回の逃走で海路を使う可能性に行き当たったしな」

「っっ、はあ⁉」

「まあ、国を裏切った時点で親子共々愚かなことに変わりはないが」

顔を真っ赤にして地団駄《じだんだ》を踏むチェルノ。そんな青年を見て、ヴィクトールはなんだか遣《や》る瀬《せ》ない気持ちになる。

マクディーン侯爵からしてみたら使いやすい駒だったからこそ選んだのだろう。が、ヴィクトールからしてみたら、彼らに裏切られたことは恥以外の何物でもない。

しかし今反省している時間はない。ヴィクトールがやるべきことは、ただ一つだ。

――最低でも、バルフ家の人間は生かして情報を吐かせてから、死刑にする。

そう思い剣を握り締めたとき、何やら喚いていたチェルノが一際大きな声を上げた。

「ジェイル！　ジェイル‼　早くしろッッッ‼」

――ジェイル？

すると開いていたドアの奥から、真っ黒いフード付きローブをかぶった人物が出てきた。いかにも魔術師といった格好だが、不思議と性別が分からない。

黒の魔術師はしわがれた声を発する。

「はい、チェルノ様。すでに用意は整っております……」

ヴィクトールは一瞬、目の前にいるのが老人なのかと思った。

しかし魔術師の背後から歩いてくる人物を見て、眉を寄せる。

「……グランベル嬢?」

出てきたのは、エドナ・グランベルだった。

だが呼びかけても応答しなければ、瞳は焦点を結んでいない。極めつけはその手に、剣が握られている。

明らかに様子がおかしい。

そう思い、警戒していたときだ。

黒の魔術師の足元に、紫色の魔法陣が広がった。

そこを中心として、紫色の光を放つ球体が船を覆うように広がる。

「舞台《ステージ》、開幕《オープン》――滑稽な人形劇《マリオネット・トゥーム》」

――……さあ、お行きなさい。

くいっと。黒の魔術師が、骨のように細く白い手を指揮者のように振る。

瞬間、エドナが剣を振り抜いた。

さほど速くなかったので受け止めたが、思いの外打撃が重かったため驚く。

後ろに下がり体勢を立て直そうと思ったときだ。今まで怯えているばかりで使い物にならなかった船員が襲いかかってきた。

一番驚いたのは、沈めたはずの者たちまで動き出したことだ。その動きは先ほどとは比べ物にならないくらいキレがあり、重い。

そのとき、ヴィクトールはある情報を思い出す。

――ベーレント帝国の軍隊は、一人の魔術師によって統率された人形集団である。

新王になってからベーレント帝国が各地を侵略していった理由の一つが、それだという。

曰《いわ》く、ひどく統率の取れた集団である。

曰く、味方が死んでも怯えることのない鉄の精神を持った生き物である。

曰く――いくら怪我をしようとも心臓が止まるまで動き続ける、意思のない人形である。

「……なるほど、これがその、人形魔術とやらか」

展開した範囲にいる自分よりも弱い人間を操り配下にする、傀儡《かいらい》魔術の一種だ。

その中でも特出している点は、配下にできる対象の広さである。たとえ意識がなかったとしても、その対象の能力値を最大限まで引き出し操ることができるのだ。

それを止めるためには、統率主である魔術師を倒すか傀儡たちの命を狩るかである。

つまり黒の魔術師は――ベーレント帝国の人間だということだ。

そのことに、今まで落ち着いていたはずの心がざわつく。

戦場に出始めた頃は、感じていた。しかし経験を重ねていくうちに、それも鈍っていった。今ではなかなか感じることがない感情である。

そしてそれは。ルミナリエが現れるまでほぼ無感情だった彼が、唯一感じ取れることができた感情であった。

それは――『悦《よろこ》び』。

強敵に出くわしたとき。また、自分の思う通りにことが運びそうなとき。それはヴィクトールの胸に水滴のように落ち、じわりと広がっていく。

今回は後者だった。

にい、と。ヴィクトールが嗤《わら》う。

「――ありがとう。お前のお蔭で、ルミナリエとの婚約が上手くいきそうだ」

バルフ家とマクディーン家を捕らえ、情報を吐き出させてから死刑にする。それだけではルミナリエに対する風当たりは完全にはなくならない。

しかしベーレント帝国の魔術師を捕まえただけでなく、各国の脅威とされている魔術を解明したとなれば、話は別だ。

成功すれば、一気に追い風となって二人の背中を押してくれるはず。

「足掻いて足掻いて足掻いて、手の内を見せてくれ。必ず暴いてやるから。――せいぜい俺を愉しませてくれよ？」

ヴィクトールはそう呟き。

──ルミナリエがいる前では絶対に見せない、獰猛《どうもう》な笑みを浮かべた。

操られている人間は、十人。バルフ子爵とチェルノ、黒の魔術師を入れれば、この場にいるのは全部で十三人だ。

船、しかも小型の遊覧船ということもあり、甲板はそこまで広くない。

ヴィクトールは自分の状況をきっちりと確認する。そして船の手すりに飛び乗り、その上を駆けながら、魔術を発動させた。

──分析魔術、『識視の瞳《アナリーズ》』、起動。

すると、ヴィクトールが持つ金色の瞳に魔術式が映った。

分析魔術は、光属性魔術師のみが使える特殊魔術だ。

今ヴィクトールが視《み》ているような、本来なら識別できないモノを視ることもできる。モノの真贋《しんがん》も瞬時に分かる。その気になれば、一個人の記憶や生き様などの情報すら引き出すことができる、かなり特異な力だ。

ただし欠点も多い。

一つ目は、使用者自身の知識量に依存するというところだ。つまり、ヴィクトールが識《し》らない情報であっても、それは勝手に変換されてはくれない。

また、流れるような情報の中から欲しい情報を見つけ出さなければいけないこと。それは、かなりの負担になる。

二つ目は消費魔力が非常に多いという点だ。

しかしそれは、国一番の魔力量を持つヴィクトールからしてみたら、大したことがない問題だ。

そのため目先の問題は一つ目だったのだが、特に問題なかった。戦地を退いてから数年、各国の魔術式を勉強していた甲斐《かい》があるというものだ。

――諸国を震えさせるほどの魔術がどんなものなのか、暴いてやる。

流れ込んでくる情報を確認する。

すると、ヴィクトールと同じように手すりを伝い走ってくる男が現れた。その男の腹部めがけて後ろ回し蹴りを食らわせた。

船の外に投げ出された男は、氷の上に落ちてからも勢いを殺せず滑っていく。

そのすぐ後にやってきた男には、火の玉を顔面に当て吹っ飛ばした。看板に背中をぶつけ倒れ込む。

しかし男は痛みを感じていないのか、ただれた顔のままこちらに戻ってこようとしていた。

――噂通り、痛みを感じないのか。

痛みというのは、動物ならば誰しもが持っている感覚機能だ。その中でも痛みは生命活動を脅かす危機を教えてくれる大事なものである。それが感じなくなっているということは、そこそこ面倒臭い魔術式が組み込まれているのだろう。

ヴィクトールが思い当たる理由は二つ。

一つ目。ヴィクトールが使った意識消失魔術のような、痛覚そのものを鈍らせる魔術を組み込んだ可能性。

そして二つ目は、痛みを感じる間もないほどの機能を使わせている可能性である。

――今回は後者だろうな。

そう思い探して視たら、確かにあった。身体能力面と、魔力生成能力に偏《かたよ》らせるように命令する魔術式が。

どういうことかというと――人形魔術を使っている間、操っている対象をずっとハイの状態にしておくということだ。

気が高ぶっているときは痛みを感じない。それをやり続けるのである。そんな状態が長く続くはずもない。

つまりこの魔術は、操っている人間に過度な負担をかけることで成立しているということになる。

――もし味方にかけるのであれば欠陥魔術なのだろうが。……いくら使い潰しても問題ない敵、それも市民などに使えば、効果は絶大だな。

市民を虐殺することなど、軍人にはできない。

正直言って、性格の悪い魔術という他ない。

そんなふうに冷静に判断しつつ、やってくる敵を蹴散らしていたときだ。

「……癒しの風《ブリズ・ソワン》」

ふわりと、緑色の光が弾ける。

すると、顔面がただれていたはずの男の顔が元に戻った。初級の治癒魔術だ。

この場でそんなことができるのはただ一人――エドナ・グランベルである。

「……なるほど。確かに厄介だな」

ポツリと呟き、ヴィクトールは目を細めた。

しかし見たところ、それ以上の治癒魔術を使えはしないようだ。そこから分かることは一つである。

――操れる対象から引き出せる能力値は、身体能力の強化のみ。魔術や剣術といった技能ではないと。

正直言って、拍子抜けだった。

魔術式も、どちらかというと精神を犯す魔術ではなく細い魔術の糸を使って操る式だ。簡単に言えば、糸繰り人形《マリオネット》のようなものである。そのため、弱者――魔術耐性が低い者しか操作できない。

しかもその糸も、魔術師が決めた範囲にしか伸ばすことができないようだ。

その証拠に、船の外に放り出した男はピクリとも動かない。

まるで、荒唐無稽な劇《グラン・ギニョール》のようだった。

――もう少し面白い敵だと思ったのだがが。

少々落胆しつつも、ヴィクトールはポケットに入れてあった懐中時計を引っ張り出した。

友軍が来るまで、残り四十分ほど。

一応まだ、遊べることには遊べるようだ。

「他にも何かあるようなら、早めに出してくれよ？　じゃないとつまらない」

そう呟きながら、ヴィクトールは懐中時計をパチリと閉める。

しかし残念なことに。本当に残念なことに、ヴィクトールが望むような『心躍る出来事』はやってこなかった。

四十分間行っていたのは、幾度となく同じ相手を甲板の上に転がす作業だけだ。

たったそれだけのことなのに。

バルフ子爵とチェルノ、黒の魔術師は、ヴィクトールを怯えたような目で見てくる。

「な、なんだよ、なんだよ、それ……なんで倒れないんだよ……！」

「……なんで、と言われてもな」

チェルノの声を聞きながら、ヴィクトールは困惑した。

「わたしが手を出せない相手は、グランベル嬢だ。それ以外の人間がどうなろうがどうでもいい。そしてたかが数十分程度の攻防で倒れるほど、やわな鍛え方はしていない」

「そ、そんな……わたしの、魔術を、こんな簡単に……いなされるなんて……。化け物、化け物だ……！」

「そこまで驚くことか？　わたしとしては、お前の未知の魔術に期待していた分、落胆がひどいのだが」

「……なん、ですと？」

「その程度だったのかと言ったのだ」

すると、黒の魔術師がふらつきながらフードを脱いだ。そこから現れたのは、しわがれた白髪頭の老人だ。

「わたしの、わたしが命を費《つい》やしてまで行った魔術を……その程度呼ばわり、だと……？　調子に乗るな、この青二才が……!!」

――ああ。その魔術は、使用者の寿命も削る代物なのか。

なるほど。ベーレント帝国は割と切羽詰まっているか、相当な馬鹿が新王になったものと見える。

操られている側だけじゃなく操っている側までも消費するとは、滅亡でも望んでいるのだろうか。

そう思っていると、老人がしわだらけの骨のような手を前に出してきた。袖口から紫色の光を放つ糸が勢い良く飛び出し、ヴィクトールの体に巻きつく。

「我が国の魔術の恐ろしさ、思い知れ！　――心捕らえる魔物の歌《ストレンジ・エレジー》！」

そう叫ぶと同時に、光の糸がさらに強く発光する。

ヴィクトールはそれを、金色の瞳で視た。

――破壊魔術、その中でも、精神に深く干渉することに特化した魔術か。

端的に言えば、その対象の心に巣くうトラウマをほじくり返して抉《えぐ》る魔術だ。戦意が喪失するまで同じものを繰り返し見せられれば、誰だっておかしくなるだろう。

しかし――

ヴィクトールはなんだか面倒臭くなって、素手で体に巻きついた糸をぶちぶちとちぎった。

「……は？」

老人がぽかんと、間抜けな顔をする。

「悪いな。精神攻撃系の魔術には耐性があるし――光属性魔術師には、ほとんど効かないぞ？」

「え、あ……え？」

「あともう一つ残念なお知らせだ。リクナスフィール王国の軍人が来た。……遊びもそろそろおしまいだな」

ヴィクトールはそう言うと、一歩で老人に近づきその腹を勢い良く殴った。

その後、手の甲で顎を殴りつけ、頭のてっぺんを殴り落とす。狙い通り、老人は気絶した。

瞬間、魔術が解け、操られていた人間がばたばたと倒れる。

それを見たチェルノは腰を抜かし、ヴィクトールのことを見上げる。

「な……なんで……」

「……魔術師が目の前にいるのなら、魔術師を狙うのは定石だろう？」

「ち、ちがう、僕が言いたいことはそういうのじゃない。……なぜ、なぜ始めからそれをしなかったんだ！」

「……友軍が来るまで、まだ時間があったから。あと……諸国が恐れるベーレント帝国の魔術とやらを見てみたかったから、だな」

まぁ、拍子抜けもいいところだったが。

そう言うと。

バルフ子爵とチェルノは揃って顔を青くした。そして両手を挙げ、降参のポーズを取ったのだった――

＊

ルミナリエとヴィクトールが行った足止めは無事成功し。バルフ家の人間を無事に捕らえることができた。

それから数時間かけて、一同は港町アジュールに到着する。

ルミナリエは一足早く港町に降り立ち、皆が帰ってくるのを待っていた。

軍の船に乗り手を振るヴィクトールの姿が見えたとき、ようやく安心する。

遠目から見ても分かる範囲には怪我もない。

しかしやはり心配で。

ルミナリエは船のタラップがかかると同時に、ドレスの裾を持って駆け寄った。

すると、いの一番でヴィクトールが降りてくる。それを見たルミナリエは一瞬固まると、ぎごちない動作でスカートの裾を持ち上げて頭を下げた。

「おかえりなさいませ、ヴィクトール様。よくぞご無事で……」

正直言うと、ジャードノスチに乗っているときからとても心配だったのだ。紫色の光の膜が展開されてから、船の様子がすっかり見えなくなってしまったからである。

するとヴィクトールが優しく頭を撫でてくれる。

「ただいま、ルミナリエ。あなたのほうこそ大丈夫か？　初めての飛行で疲れただろう」

「ジャードノスチが負担を和《やわ》らげてくれましたから、問題ありませんよ。……エドナ様は……」

「ああ、問題ない。過度の疲労のせいで今は寝ているが、船の中で診てくれた軍医は大丈夫だと言ってくれたよ」

「本当ですか？」

「ああ。わたしも姿を確認したが、大きな怪我は一つもなかったしな。……ほら、降りてきた」

ヴィクトールに釣られてタラップを見れば、二人の軍人が担架を使い、眠るエドナを運んでくる。

ヴィクトールは降りてきた二人に少し止まるように言い、ルミナリエの顔を見た。

どうやら、そばに行ってもいいとのことらしい。

ルミナリエは会釈《えしゃく》をしてから、エドナのそばへと歩いた。

「エドナ様……良かった……」

ヴィクトールの言うとおり、エドナに目立った外傷はなかった。自分の目で確認できたからか、安堵で涙がこぼれそうになる。

それをぐっとこらえ、運んでくれていた軍人たちに礼を言うと、彼らはエドナを連れていった。

いつの間にか、傍らにヴィクトールが立っている。

「グランベル嬢を救出し終えた際、グランベル伯爵には連絡をした。時間はかかるが、もう少ししたら家族がやってくるだろう」

「そうですの。それは良かった……」

「ああ。……さてルミナリエ。わたしたちも行こうか」

「はい、行きましょう。――私たちのもう一つの戦場へ」

言葉とともに差し出された手を取り、ルミナリエは再びジャードノスチに乗る。

そして来たときと同様に一時間足らずで、王宮へと戻ったのだった。

＊

着いた頃には、パーティーまで残り数時間もない状態だった。

その時間をフルに使い、ルミナリエは美しく仕上げられていく。

ドレス良し、手袋良し、ピアス良し、ネックレス良し。

髪型良し、髪飾り良し、メイク良し。

靴も磨き直してもらう。ドレスに付いていたわずかな汚れはレレリラが浄化魔術で綺麗さっぱり落としてくれた。

ベルナフィス家の使用人を六人も使い整えた身だしなみは、完璧と言っていいほどの仕上がりであった。

三十分という、女性のドレスアップ時間にしては異例のスピードでここまで仕上げてくれた使用人たちには、本当に感謝しかない。

控え室から出れば、既にヴィクトールが待機している。

漆黒の軍正装に身を包んだヴィクトールは、いつも以上に美しかった。髪もちゃんと整えられており、白手袋にはシミ一つない。

こんなにも綺麗なのに、吸い込まれるように見てしまうのはやっぱりそのオッドアイの瞳だった。

(この方のとなりに、私は立つのね)

そう思うと、自然と背筋が伸びた。

そんなルミナリエに、ヴィクトールは優しく手を差し出してくる。

「お手をどうぞ？」

顔を上げれば、ヴィクトールは笑みを浮かべている。

ルミナリエがいつも見ているような、優しい笑み。

それが本当にいつも通りで、ルミナリエも釣られて笑った。

「ありがとうございますわ、ヴィクトール様」

そっと手を重ねれば、手袋越しにほのかな熱を感じる。

(私は、この方のとなりで胸を張って立ちたいわ)

そして今の自分には、その資格があると思う。その覚悟があると思う。今までやってきたことと、彼とともに進んできた道。それがあるからだ。

それに。

(私以外で、この方を支えられる人なんていないもの)

それだけは絶対だ。誰にだって譲れないし譲らない。

ルミナリエはヴィクトールの手に自らの手を添えつつ。

大広間のドアを自分の力でくぐったのである。

中に入った瞬間、視線が一気に集まった。

痛いくらいに突き刺さる視線に負けず、ルミナリエはしゃんと背を伸ばす。かつりかつりとヒールを鳴らして周囲を威嚇《いかく》していると、ひそひそと話し声が聞こえた。

『あれが、王太子殿下の婚約者か……なかなか綺麗なんじゃないか？』

『だが、疫病神《やくびょうがみ》と呼ばれているぞ？　巷《ちまた》を騒がせている殺人事件は、あの少女が婚約者に選ばれたから起きたとか』

『それは怖いな……』

『ベルナフィス家なんて所詮《しょせん》、辺境にある田舎者《いなかもの》じゃない。田舎者の分際で王太子殿下のとなりに立つなんて……』

『それに確かベルナフィス夫人って、野蛮なことで有名ではありませんでした？』

『ならその娘も野蛮人ね』

値踏みする目、噂話を気にする声。挙句《あげく》の果てにはベルナフィス家を侮辱する声まで聞こえてくる。

（話のタネになれば、ほんとなんでもいいのね。お構いなしだわ）

イライラしていないと言えば嘘になる。しかしそれらの言葉の中身が空っぽなことをルミナリエは知っていた。

そう、所詮上っ面の紛い物だ。

だってこんなにも心に響かないのだから。

それよりも強く心を打つ本物の言葉を、ルミナリエはちゃんと知っている。

噂話がなんだ、悪口がなんだ。そんなもの、レレリラたちが全力で整えてくれた完全装備のルミナリエの前では無意味だ。

だからルミナリエは、笑みをたたえたまま舞台の前まで進むことができた。

階段を上れば、そこには国王陛下夫妻とベルナフィス夫妻が揃って待っている。

（心強い味方がすぐ近くにいるんだもの。絶対に大丈夫）

そう思い、舞台の上からきた道を見下ろせば、一人一人の顔がよく見えた。

その中には見知った顔もいる。

アゼレア、リタ。

二人の友人はルミナリエの姿を見て、笑みを浮かべてくれている。

（大切な、私の友人たち）

そして――マクディーン一家。

マクディーン侯爵はもちろんのこと、嫡男のバスクトン、娘のブリジットと揃い踏みだ。

特にブリジットの視線たるや凄まじい。視線だけで人を殺せるのではないかというくらい、ルミナリエのことをきつく睨んでいた。つり目ということもあり、迫力がすごい。

ルミナリエとヴィクトールが主役のパーティーなのに。彼女は目立つ真紅のドレスを着てきていた。こちらを完全に見下している。

そんなブリジットに、ルミナリエは笑みを返す。そんな顔をしても、怖くないわよと伝えるために。

彼女はそんなルミナリエを見て、ギリィッと唇を嚙み締めた。

（あなたみたいな国賊に、ヴィクトール様のとなりは譲らない）

そう思っていると、ヴィクトールがぎゅっと手を握ってくる。

『大丈夫だ、ルミナリエ。フランシスとエルヴェは、絶対に間に合う』

念話で声が伝ってくる。それだけで勇気が出る。

だからルミナリエも自信満々の声でヴィクトールに返事をした。

『はい、ヴィクトール様。私は、あなた様のことを信じていますもの』

ですから――始めましょうか。私たちの本当の戦いを。

その言葉が、全ての合図だった。

「この度はわたしの婚約者を発表するパーティーにお集まりいただき、誠にありがとう。早速だが、紹介させていただく。――ルミナリエ・ラーナ・ベルナフィス嬢だ」

ヴィクトールがそう説明し、ルミナリエの片手を取って前に出してくれる。

ルミナリエはドレスの裾を摑み、優雅に礼をした。

「初めまして、皆様。先ほどご紹介に預かりました、ルミナリエと申します。ヴィクトール王太子殿下の婚約者に選ばれたこと、大変喜ばしく思いますわ」

そう挨拶《あいさつ》をすれば、拍手が鳴り響く。人によっては場の雰囲気に合わせて、という感じだった。だが、アゼレアは優雅に。リタは「ものすごく感激した！」と言わんばかりの拍手をしてくれて、少し心が和んだ。

記者の人も後ろに控えており、パシャパシャと写真魔導具《カメラ》のシャッターを押していた。それに顔をしかめている貴族もいる。この場に貴族以外の人間がいて、それを撮っているのが気に食わないのだろう。

実際、本来なら二人とその両親たちだけで記者会見をするはずだった。そのせいか、ルミナリエも普段とは違った意味で緊張している。

(リハーサルでは、まず挨拶をしてからヴィクトール様が少し話をして、その後パーティー開始。そこで、個別で挨拶に来る貴族と雑談……という感じだったわよね)

ルミナリエがそう確認しながら後ろに下がると、ヴィクトールがにこりと笑った。

普段ならばほぼ笑わないはずの人間が笑ったことにより、会場がどよめく。

すると彼は恥ずかしがるようなこともなく――普段は絶対に言わないようなことを語り始めた。

「ここにいる皆はただの政略結婚だと思っているかもしれない。だが、実を言うとわたしの方から、彼女に求婚をさせてもらったのだ」

（…………………は、い？）

ルミナリエの脳が停止する。

ついでに、ざわついていたはずの会場に沈黙が広がる。

その中で、ヴィクトールは堂々と語った。

「実を言うと、初めて見たときから気にはなっていた」

（え、ええ⁉）

「だが恋愛というものをしたことがなかったわたしは、それがどういうものか分からなかった。そのため、そのまま胸にもやもやしたものを抱えて過ごしていた。今思うとあれは、世に言う一目惚れだったのだろう」

（待って待って待って！　いきなり何話し出すの⁉　というよりその話、聞いたことない！）

一瞬嘘でも言っているのかと思った。が、ヴィクトールの顔は至って真面目。もともと嘘を言うような人ではないので、おそらく本気なのだと思う。

なのだが――

「好きだと確信したのは、彼女と手合わせしたときだった」

（この告白、聞いている私のほうが恥ずかしいッッ‼）

そして今確信した。一つたりとも嘘は言っていない。

ルミナリエは顔を隠したくなるのを必死に我慢しながら、黙って話を聞くことにした。

「彼女は、茶を飲んでいたりするときはとても穏やかだ。そのときは儚い雰囲気を身にまとう女性なのだが、笑うととても華やかでな」

（うっ。は、恥ずかしい……でも我慢、我慢するのよルミナリエ）

「そのときの顔は可愛い、とにかく可愛い。しかし戦っている際はきりりと鋭くとても美しいのだ。その違いにとても胸を打たれた」

（それにそう、そうよ。ヴィクトール様のことだから、こんなことを言い出したのにもワケがあるはずだわ）

「白銀の髪は少しなびくだけでキラキラと星のようで。瞳は空の青で見ていると吸い込まれそうになるほど綺麗だ」

（そう、そう、よ、ね。理由が、ある、はず……）

「断言しよう。わたしはすっかり、彼女に魅了されている」

（………理由があるのよね⁉）

別のことを考えて気を紛らわせようとしたが、流石《さすが》に我慢できなくなってきた。

顔はリンゴのように赤くなっているし、とにかく熱い。

なのに記者の人なんか嬉しそうにシャッターを切っているし。手帳に凄まじい勢いでヴィクトールの言った言葉を書き写しているのだ。生き地獄だろうかここは。

ちょっと視線を動かせば、リタが号泣しながらスケッチをしている。

（ああああ、こんなところ描かないでえええ！）

ルミナリエの顔は、今とても赤くなっていた。しかしなんとか淑女としての矜持《きょうじ》を保つため震えながら笑みを浮かべている状態だ。

そんなとき、ヴィクトールがこちらを振り向く。

そして一歩踏み込んできた。

「わたしの気持ちは以上だ。だがしかし、わたしはワガママでな。彼女の本当の気持ちを確かめたいと思ってしまっている」

(え、え?)

さらに一歩。手を伸ばせば触れられる位置に、ヴィクトールがいる。彼は舞台下からも見えるようにルミナリエの横に立つと、スッと跪《ひざまず》いた。

そしてポケットから、何かを取り出す。

それは、小さな箱だった。

箱を開けば——一粒のダイヤモンドがはめ込まれた銀色の指輪が鎮座している。

ルミナリエは息を呑んだ。

「改めて聞きたい。その上で、あなたの気持ちを聞かせて欲しい。——ルミナリエ。どうか、わたしの妃になって欲しい」

どうだろうか?

そう、ヴィクトールの目が語りかけてきた。

ルミナリエは声を出すことができず、オッドアイの瞳と差し出された指輪を交互に見つめる。

そして気づいた。ヴィクトールがなぜこんな公衆の面前で、ルミナリエへの赤裸々《せきらら》な想いを語っエの胸が震えた。


たのかを。

（もし私に批判が集まったとき……守れるように）

自分が選んだのだから、ルミナリエは疫病神ではないと。そう、貴族たち全員に宣言するためだ。なんてロマンチックで、なんて優しい誓いなのだろう。彼の覚悟が痛いほど感じ取れ、ルミナリエの胸が震えた。

彼女は唇をゆっくりと動かす。一言一句が、聞いている人間に伝わるように。

「私も……私も。ヴィクトール様のことが好きです。愛しております」

思い出す。出会った頃を。

「だってあなた様は、私を認めてくださいました。何があろうとも、突き放したりなさいませんでした。一緒に戦いたいという私の想いを、何より尊重してくださいました」

庭で話したことを。花束をもらったことを。共に戦おうと言ってくれたことを。

思い出して、瞳が潤む。

「おそらくこの国のどこを探しても、そのような方は現れないでしょう。いいえ、現れなくて構いません。私はあなた様が良いのです」

（――そう。私は、ヴィクトール様じゃなきゃ嫌なの）

「です、から――」

すう、と息を吸い込み、最後の言葉を絞り出す。

「――どうか。私をあなた様の妃にしてくださいませ」


そう言うと。

ヴィクトールは今までにないくらい嬉しそうな顔でルミナリエの左手を取り、手袋を外し。

――薬指に婚約指輪をはめてくれた。

おとぎ話のような展開に静まり返っていた一同。だが、ヴィクトールが手の甲にキスをするのを見て息を呑み、割れんばかりの拍手をしてくれる。

互いの両親なんかはものすごく微笑ましそうな目で見ながら拍手をしてくれた。リタなんか感極まったのか、ボロボロと泣いていた。

アゼレアは、呆れた顔をしながら拍手をしてくれる。おそらく彼女は、ヴィクトールの想いをすでに分かっていたのだろう。

(それを言わなかったのは……アゼレア様なりの思いやりかしら)

確かに、こういうことは他人がとやかく言っても仕方ない。だから、アゼレアは話し合えと言ってくれたのだと思う。その思いやりが、今になってじんわりしみた。

記者たちはフラッシュの光がはち切れんばかりにシャッターを切っている。紙面を飾るにふさわしい光景をおさめようとしていた。

そんな中ヴィクトールはルミナリエの肩をそっと抱くと、いたずらっぽい笑みを浮かべた。

「突発的に思いついた作戦だったが、上手《うま》くいったようだな。何よりだ」

「……先ほどの告白、全て本当なのですか？」

「もちろん。と言っても、自覚したのは最近だが。感情表現が苦手だからか、自分の気持ちを確認するまでに時間がかかる」

「……だからって、この場で言うのはどうかと思いますわ」

「そうか？　わたしとしては、ふざけたことを言っている人間を黙らせることができる。しかも、男どもに牽制することもできる一石二鳥の手だったのだが」

「う……」

「それにほら、マクディーン嬢があなたのことをすごく睨んでいただろう？　ああいうのが後でとやかく言わないようにしとこうと思った」

確かにあんなに情熱的な告白を他の令嬢にしているのを見たら、百年の恋も冷めるだろう。他人の惚気話《のろけ》に対する反応は、微笑ましく見守るか憎らしく思うかの二択だから。

それに。

ヴィクトールはそう言って、目を細める。

「初めて行った求婚のときよりも、ロマンチックだっただろう？」

ルミナリエはぐぐっと喉を詰まらせた。

それから少しして、絞り出すように言う。

「……悔しいですけれど、ロマンチックでしたわ、ものすごく」

そう言えば、ヴィクトールが肩を揺らしながら笑った。

「それは良かった。——無事、名誉挽回できたな」

「……なんでそんなことなさったのです？」

「ベルナフィス家で話をしたとき、ルミナリエは別にわたしのことを意識していなかっただろう？　あれ、かなり悔しくてな。あなたに好かれたくて、両親や妹に相談して色々考えた」

それを聞き、ルミナリエの頭の中に過去の情景が浮かぶ。

『ヴィクトール様に一つお聞きいたします。——私との婚約を取りやめる気は、ありますか？』

『……な、に？』

『いえ、それも一つの解決策だと思いまして……』

（あのときに微妙な反応をしたのは、そのためだったのね）

割と色々言いたい気持ちになったが、無粋だなと思いルミナリエはぐっと押し黙る。

（それに……嬉しかったのは事実だし）

なので、今は存分に見せつけておこうではないか。

そう思いながら、ルミナリエは薬指で光る指輪を撫でる。そしてそっと、ヴィクトールの胸に身を預けたのである。


拍手の勢いがだいぶおさまった頃。ヴィクトールはルミナリエを抱き寄せたまま人差し指を立て、真面目な顔をした。

「さて、ここで一つ話をしたいと思う」

それと同時に、大広間のドアが開かれる。

そこから入ってきたのは——魔力封じの首輪と鉄製の手枷《てかせ》を付けられた、バルフ家一行だった。

バルフ子爵、夫人、チェルノ、そして共に捕らえたベーラント帝国の魔術師である。

全員が全員、とてもげっそりとやつれた顔をしている。チェルノの場合、その目元に涙の筋ができていた。

明らかに場違いな存在が大広間にやってきたことで、貴族たちがざわめく。

ルミナリエは彼らとは違った意味で胸がドキドキし、思わず目を逸らしてしまった。

ルミナリエが目を逸らした理由は、彼らがここまで来た移動方法にある。

——彼らはこの大広間で、今までの悪行を晒すためにここにいる。ともにジャードノスチによって王宮に帰ってきたのだ。

しかしもちろん、ジャードノスチがヴィクトールとルミナリエ以外を背に乗せるはずがない。

なのでそのときの運搬方法は。

ジャードノスチの手にがっしりホールドされ飛行する、というものだった。

想像しただけでもゾッとする、かなりの恐怖体験である。そのためか彼らは終始悲鳴を上げ、終《しま》いには「降ろしてくれぇ……！」と半泣きで懇願していた。

ルミナリエとしては「気の毒だな」という意見だった。が、ヴィクトールは「いい罰だろう」と冷ややかな目で一蹴している。

彼らが疲れているのは、そういうわけだ。

ヴィクトールは舞台のすぐ下にいる彼らに氷のような目を向けつつ、本題に入る。

「彼らのことを知っている者もいるだろう。そう、彼らはバルフ子爵家の人間だ」

そう前置き。

「そんな彼らがなぜ捕まえられているのか。それは、彼らがベーラント帝国に逃亡しようとした国賊であり、令嬢を誘拐した犯罪者だからだ」

ヴィクトールは淡々と、衝撃的なことを告げた。

一瞬、場が静まる。

しかし直ぐに、ざわめきが広がった。

記者たちがシャッターを切る。その凄まじい食いつきっぷりに、ルミナリエは肩をすくめた。

(ほんと、陛下と宰相閣下の言う通りになったわ……)

その知略に純粋に感動する。

記者会見をずらして記者たちをこの場に呼んだのは、国王陛下と宰相による策だった。

記者たちが持つ情報という武器は、新聞という媒体によって国民たちに伝えられるものだからだ。

貴族しかいない場より、国民の代表のような存在である記者という第三の目。それがあれば、ある程度の牽制になるという利点もあるのだとか。

それに、彼らが肌身離さず持つ写真魔導具《カメラ》は、証拠としてかなりの重みを持つものだ。下手《へた》なことはできなくなる。

そしてそれは同時に、国賊の罪を糾弾し王家の威信を示すために利用できる。

ヴィクトールは、圧を感じさせるような無表情で言う。

「そしてその老人はなんと、ベーレント帝国の魔術師だ。お蔭様で諸国を苦しめているベーレント帝国の魔術を解明することが叶いそうだ。わたしとしては大変嬉しい」

ヴィクトールの落ち着きを払った声は、未だに騒々しい大広間によく通った。すると貴族たちから、様々な感情のこもった言葉が吐き出される。

『あのバルフ子爵が国賊だなんて……』

『でも前々からいい噂は聞かなかったわよね』

『そうよね。金遣いが荒いし、成金のようだったわ』

『汚らわしい売国奴《ばいこくど》が……恥を知れ』

『本当だ。この場で同じ空気を吸っているのすら嫌になる』

『ああ。とっとと死んでしまえ』

彼らがこそこそと話す言葉は全て、国賊を嫌悪するものだった。

ルミナリエが現れたときにも同じようなやり取りがあった。が、それとは比べ物にならないくらいの負の感情が込められている。

そこで、ヴィクトールがたたみかけた。

「そしてその国賊を捕らえることができたのは、我が婚約者ルミナリエのおかげだ。彼女の尽力がなければ、今頃彼らはベーレント帝国に逃げおおせていただろう。――そう。ルミナリエが戦う力を持ち合わせていたからこそ、国賊を捕らえられたのだ」

ヴィクトールは力強く語る。

「今回の件で分かったのは、敵がいつ我が国を侵略してくるか分からないということだ。男、女と性別でくくっている場合ではない。我々はもっと危機感を持って、国防に当たるべきなのだ」

ヴィクトールは、背後にいるミリーナとシャルスに視線を向けた。

「そのいい例がベルナフィス夫妻だろう。お二人は従来の役目を逆にしつつ、各々の得意分野を伸ばして国境を守っている。これはとても素晴らしいことだ」

ヴィクトールが眼下を見据える。

「なのでわたしはここで一つ提案したい。――これからは貴族だとしても、男女の境目を作らず力の限り尽くすべきではないか？　と」

ヴィクトール渾身の演説は、確かにこの場にいる全員に伝わった。

伝わったはずだが、戸惑いを隠せない人たちが多いようで、反応がそこまで芳《かんば》しくない。

当たり前だ。今までの常識を塗り替えようと、ヴィクトールは言っているのだから。

しかしそれに反応する者たちがいる。

それは――記者だった。

彼らのうちの一人、金髪碧眼の記者がピシッと手を挙げる。

よくよく見ればその人は、その場唯一の女性記者だった。男物の礼装をあまりにも綺麗に着こなしていたので分からなかった。だが、顔立ちから体つきまで女性である。

ただその目つきが真っ直ぐで、とても生き生きとしていて。ルミナリエは不覚ながら、目を奪われた。

「王太子殿下、一つ質問よろしいでしょうか？」

他の記者たちが「何言ってるんだ」と叱りつける中、ヴィクトールは頷く。

「なんだろうか」

「はい。――わたしはこの通り、女です。女記者というのは珍しいと同時に、好奇の対象になっています」

彼女は自身の胸に手を当て、問いかける。

「殿下は、そういうものもなくしたいと。そうお思いでしょうか？」

「わたし個人としてはそうしたいと思うが、反発は大きいだろう。それをなくすための第一歩として、また性別の違いによって苦しむ人を減らす手助けができればいいと思っている」

（……殿下は現に、そのお手伝いをしてくださっているわ）

今回の演説がそれである。

ルミナリエの功績をこうして貴族たちがいる前で発表し、印象を上げるために尽力している。

ならルミナリエも、何か言わなければいけないだろう。

「もし。私からも一つ、言わせてくださいませ」

「はい、なんでしょうか？」

ルミナリエは息を吸い込む。

「今回、私は自分の実力を最大限に引き出し、功績を残せましたわ。これはひとえに殿下のお蔭です」

そこで切り、ぐるりと会場を見た。

「しかし殿下に支えられているだけでなく、強い意志を持って突き進むことが大切だと。私はそう学びました。……おそらくあなたはそれができたために、今この場にいらっしゃるのだと思います」

（本当にすごいわ。誰にだってできることじゃない）

「その勇気と強い意志は、とても美しく尊いものです。その花をむやみに摘む方がいらっしゃらないことを願っておりますわ」

そう言うと、数人が目を逸らした。摘む側の人間の中でも、心に響いたものたちが罪悪感を抱いたのだろう。それならば嬉しい。

ルミナリエはぐるりと辺りを見回した。

人がたくさんいる。この中に、本当の自分を抑え込んで生活している人は、いったいどれだけいるのだろうか。

そんな人たちにももっと届けばいい。そう強く想いながら、ルミナリエは頭を下げた。

「――ですのでお願いです、皆様。もし今の社会に不満があるなら、窮屈だと思っているのであれば、自分の力で立ち上がる勇気を持ってくださいませ」

伝われ、伝われ。そう念じる。

「そして皆様全員が生き生きと。そして自分らしく生きられる社会作りの第一歩として、私は宣言させていただきます」

かつんと、踵《かかと》を鳴らして一歩前に出る。できる限り多くの人に伝えられるように。

「私、ルミナリエ・ラーナ・ベルナフィスはこの国を守るべく。ヴィクトール・エディン・リクナスフィール王太子殿下とともに、戦わせていただきます！」

そしてルミナリエは、鋭い視線をある場所に向けた。

その先にいるのは――マクディーン侯爵である。

「ですのでマクディーン侯爵閣下とそのご子息ご令嬢方々。私はあなた方も断罪いたしますわ」

ルミナリエは、今まで一度もしたことがないような高圧的な笑みを浮かべた。

「バルフ子爵家を操り、現在世間を騒がせている連続殺人事件を起こし。あまつさえリクナスフィール王国にたてついた黒幕として」


場の空気が、凍った。

それはそうだ。バルフ子爵と違い、マクディーン侯爵は軍の上層部の人間である。爵位も軍位も他者からの信頼も、比較にならないほど高いのだ。

もし本当に何か不正に加担しているのだとしたら、できる限り早く縁を切りたい。

しかしそうでないのなら、敵に回したくないから味方をするか、傍観者でいたい。

それが、その場にいる貴族たちの大半が思ったことだろう。そのためか、全員が成り行きを見守っていた。

（話を進めるなら、今しかないわ）

少なくともこのタイミングを逃せば、ルミナリエの話を聞いてくれる人はいなくなるだろう。

もちろん、マクディーン侯爵を庇う側が出てくることによる利点もある。王家に反する貴族を一気に摘発できるかもしれない。

だけれど。

ルミナリエにはまだ、それができるだけの力がないから。

だからルミナリエは、声高に訴える。

今自分にできることはそれだけだと、分かっていたから。

「バルフ子爵。一つ聞かせてくださいな。あなた方に今回の話を持ちかけたのはどなたですか？」

「………知らん」

「あら、もう一度飛びます？」

それに対しバルフ子爵は青い顔をして黙り込んだ。が、チェルノのほうがぶるぶる震えながら慌てて叫んだ。

「マクディーン侯爵閣下だ！　父は閣下から話を持ちかけられ、今回の件に乗った！　そうだ……全部全部、閣下のせいなんだ、僕たちは悪くない、悪くないっっ！」

チェルノがぎゃんぎゃん犬のように喚き散らすのを、マクディーン侯爵は冷ややかな目で眺めた。

「これはこれは、犯罪者はよく騒ぐ……なんの話だ？　何か証拠でもあるのか？」

「証拠なら、指示書が！　…………あ…………」

「どうした、若造。そんな青い顔をして」

チェルノが何かを言おうとしたが、すぐに顔色を変えて口を戦慄《わなな》かせる。

それを見たマクディーン侯爵は、ふんっと鼻で笑った。

「そんなもの、ないのだろう？　どうだ？」

「…………そうだ、ないんだ。国を出るからって、全部処分したんだった……」

ルミナリエは内心舌打ちをした。

（用意周到だこと……！）

おそらくバルフ子爵側も、自分たちにとって都合の悪いことだと思ったから処分したのだろう。

リクナスフィール王国からもう出ようとしていたのだ。ならば必要ないと思うのも仕方がない。

「ならあなた。あなたはベーレント帝国の魔術師なのよね？　あなたは何か証拠を持っていないの？」

「……わたしはもう、ベーレント帝国の魔術師ではない、引退した身なのでな。なので今回の件は、わたしが金欲しさにやったこと……それにわたしの雇い主は、バルフ子爵だ。そこな貴族ではない」

（そんな……！）

ルミナリエはぎりっと歯を食いしばった。

するとと貴族たちがざわめき出す。

『そうだ、あのマクディーン侯爵閣下がそんなことするわけがない……』

『そうだな。あの方はこの国にとても尽くしてくださっている……』

『そんな閣下を侮辱したのだから、彼女はやはり王太子殿下の婚約者になるべきではないのでは？』


まずい。ルミナリエは焦る。

せっかくヴィクトールがルミナリエを守ってくれると言ったのに。それをルミナリエが台無しにしてどうするのだ。

完全にタイミングを見誤ったとしかいえない。

（どうする、どうすれば……！）

すると、ぽんっと。誰かに両肩を叩かれた。

振り返れば、そこにはルミナリエの両親であるシャルスとミリーナがいる。二人は優しい顔をして首を横に振った。

「ルミナリエちゃん、よく頑張ったわね」

「……え？」

「ああ。よく時間を稼いでくれた」

「……あの、お母様、お父様、それはどういう……」

――バンッッ!!!

瞬間、大広間のドアが乱暴に開かれた。

「お待たせしました!!!」

見ればそこには、ぜえぜえと息を切らせたフランシスとエルヴェがいた。

その後ろにはヴィクトールの部下たちがいる。彼らは皆上着を脱いだシャツ姿で、あちこちが土と汗で汚れていた。目の下には隈《くま》もあるし、明らかにやつれている。

しかしフランシスの手にはしっかりと、赤子ほどの大きさの木箱が抱えられていた。

「このような格好でこのような場に現れてしまい、申し訳ありません」

叫びながら、フランシスは片膝をつく。

「王太子殿下付きの補佐官、フランシス・アルファンであります。ですが陛下、少々よろしいでしょうか。早急に報告したいことがございます」

「……許そう。こちらに来なさい」

ルミナリエは思わず、肩を震わせた。

気づけば、目の前に国王陛下が佇んでいる。ヴィクトール同様漆黒の髪をした、紫と赤のオッドアイを持っている美しい中年男性だ。

彼はルミナリエとヴィクトールを庇うように、フランシスを見つめている。

フランシスは赤い絨毯《じゅうたん》の上を急ぎつつ、しかしちゃんと貴族令息らしい態度で駆けた。

国王の前に辿り着くと、一同は一斉に挙手敬礼をする。そして箱の中身を差し出した。

「こちらは、連続殺人事件の第二の被害者である年若い軍人が残した暗号の場所にあったものです。中にはマクディーン侯爵閣下直筆のサインがされた、ベーレント帝国との契約書の写真。その他様々な証拠が入っておりました」

「ほう……これはこれは。随分と面白いものが出てきたようだな」

国王陛下はそうつぶやきながら、証拠を確認する。

陛下のそんな様子を目《ま》の当たりにしたマクディーン侯爵は、目を大きく見開いた。今までの態度から一変、大きく動揺したようだ。一歩引き下がる。

すると国王は、マクディーン侯爵を一瞥《いちべつ》する。

「マクディーン侯爵。わたしはとても残念だよ。お前がまさか、このようなことをしていたとはな」

「……へ、陛下……それ、は……」

「とても悲しい、悲しいが……事実なのだから仕方ない。わたしが動かねばならぬ案件だろう」

そう言ったとき、マクディーン侯爵は勢い良く出口めがけて駆け始めた。周りにいる貴族たちを押しのけ逃げる姿に、余裕など一つもない。

その姿に、息子と娘は一瞬呆気にとられたが、父親に続くように逃げ出した。

しかし国王は焦ることなく呟く。

「荊王の蝕み詠《グルナディエ・ロワ・ペルドル》、解放。マクディーンと名のつく者たちに告ぐ――その場で全員跪《ひざまず》け」

――がくん、と。

マクディーン侯爵一家が、一斉に膝をついた。

自分の意思に反した突然のことにわけが分からず、ブリジットが目を白黒させながらもがく。だが、体は一向に動かない。

それを見たルミナリエは、他人事《ひとごと》ながら血の気が引いた。

(これ、もしかしなくても……王族特権、よ、ね？)

王族特権。それは、代々王家にのみ伝わるとされている特別な魔術だ。

今回のように命じた相手の意思にかかわらず言うことを聞かせることもできる。他にも様々な魔術があるらしい。

そのどれもがとても強制力の高い魔術なので、昔はそれを乱用し独裁する王族もいたようだ。その一件から、現在は王家の間でもかなりの使用制限があるとされている。

だが、国王陛下はそれを使った。

それはつまり。

――マクディーン侯爵家が、リクナスフィール王国の敵だと国王直々に認めた、ということだ。

それを知った貴族たちは、ルミナリエのときのような悪口を言うことなく口をつぐむ。その中でも軍位を持つ人間は、率先してマクディーン侯爵家の人間を拘束し始めた。

シャッターが切られていく音、光。その場にいる人間たちの悲鳴や怒号が上がり、誰かが指示を飛ばす声がする。

ルミナリエの目が、頭がチカチカくらくらする。展開があまりにも早すぎて、何がなんだか分からなくなってしまった。

（……終わったの？　終わったのよ、ね？）

終わった実感が湧かず目を瞬かせていると、ヴィクトールがぎゅっと抱き締めてきた。

ルミナリエは恐る恐る手を伸ばし、彼の背中に触れる。

「あ、の、ヴィクトール、さま」

「なんだ？」

「終わったの……ですよ、ね？」

「ああ、終わった。終わったよ、ルミナリエ。あなたがいたお蔭で、全部終わった」

「……そう、です、の……終わった……」

張り詰めていた全身から、じわじわと力が抜けていく。

そのときようやく終わったのだという実感が湧き――ルミナリエの瞳からぽろりと、涙がこぼれた。

今まで起きた色々なものがぶわりと、体の奥底から溢れて止まらない。

辛かった、悔しかった、憎かった、許せなかった、とにかく許せなかった。それらが、ルミナリエを動かしていた原動力だ。

だけれど敵はあまりにも大きくて、なのに姿が見えなくて。でも、とにかく歩いた、進んだ。それは、周りに頼りになる仲間がいたから。

そんな気持ちの全てが報われたのだ。

「ヴィクトール、さま……」

「……ああ、なんだ」

「良かった……あなたのとなりにい続けることができて、本当に良かった――！」

それからルミナリエは控え室で、ヴィクトールに抱き着いたまま気の済むまで泣いたのだ――

終章　若者たちの未来に幸あれ

婚約発表パーティーの翌日。

新聞には『婚約発表パーティー』と『国賊』に関する記事が大々的に載った。

前者は「今代王太子とその婚約者を讃える記事」。もう一つは「今代国王になって以降最大の事件」という対比の激しい二大記事だ。

その記事により、国民たちはヴィクトールとルミナリエをより讃えた。また大きな事件を解決した今代政権にさらに好感を示したという。

それからのバルフ家、マクディーン家等の取り調べも進んだ。その結果連続殺人事件に関しても無事に解決し、記者たちに伝えられた。それらが連日の誌面を彩る。

全てが解決したことを知り、皆安心したのだろう。お蔭で王都は、今までの活気を取り戻した。

そして、今回一番の被害者であるエドナ。彼女の誘拐事件は、グランベル伯爵からの強い希望により伏せられることになった。しばらく自宅で療養するとのことだ。

しかし本人たっての希望で、密かに治癒魔術を学べるようになったそう。

まだ会う許可は出ていないため会えない。だが手紙の内容はとても明るく、楽しげだった。

字にも気力が漲《みなぎ》っていたので、彼女は大丈夫だとルミナリエは思っている。

それからしばらくして、バルフ子爵家は全員死刑になった。それによりバルフ家は取り潰しとなる。

その一方でマクディーン侯爵家は爵位を剥奪され、事実上没落となった。

そして各地にあるマクディーン家の屋敷に、何人もの軍人が家宅捜索に入ったという。そこからも今までの悪事の証拠が集まったという。

その数は膨大で、マクディーン家の恐ろしさが窺えた。

だが証拠をもとに、悪事を働いていた貴族たちが芋づる式に暴かれたのだ。終わり良ければすべて良し、である。そのせいで貴族界はしばらく荒れに荒れたが、それはまた別の話だ。

そして今回の連続殺人事件の被害者の中でも第二、第三の被害者たちだが。彼らはマクディーン家に協力したために命を落としたという。

第二の被害者、ヨアン・オージェはデジレ・ツァントの漂白化を治すため。

第三の被害者、高級娼館の娼婦・グルナディエは、情報を流していたからだ。

どうやら彼女は、マクディーン家の嫡男であるバスクトンに恋をしていたらしい。だから彼のために娼館にくる高位軍人たちの弱みを教えたり、情報を流したりしていた。

どちらも、理由は違えど立派な犯罪者だ。

だが不憫な被害者であることに変わりはない。そのため、これらの情報を記者に流すことはしないらしい。

それを聞いたとき、ルミナリエは心の底からホッとした。デジレが見世物になるのは嫌だったからだ。

当のマクディーン家の人間たちは、王族特権によって様々なことを喋らされた。その中にはベーレント帝国の件もあったという。

それが終わった後、この国で最も重い罰と言われている煉獄刑《れんごくけい》に処される。

煉獄刑というのは、自身の魔力ある限り燃やされている感覚を味わう刑だ。想像しただけで身震いするような刑だが、それだけのことをしたのも事実である。

そしてそれが終わり次第、死刑になることが決定しているとのことだ。

そのためしばらくは、どこもかしこも騒がしいことだろう。

その一方でルミナリエはと言うと——


王宮の鍛錬場にて、自前の軍服を着て準備運動をしていた。

何故かというと——フランシスと決闘するという約束を交わしていたからだ。

だがその場にはもう一人、戦闘準備をする人がいた。

金髪の巻き毛に赤い瞳を持った令嬢、アゼレアである。

「ふふふ。周りの目を気にすることなく動けるだなんて、幸せです」

「本当ですわ。これもルミナリエ様のお蔭ですわねえ」

横で発声練習をしていたアゼレアが、満面の笑みで頷く。

その向かい側で、フランシスが引きつった笑みを浮かべたままぷるぷる震えていた。

「……あの、お二人とも。これは一体……」

「あら、アルファン様。お忘れですの？　私と決闘するという約束、ありましたでしょう？」

「ありましたが、ありましたけど……。ベサント嬢も共に参加するなどという話は、聞いていませんー！」

ルミナリエは小首を傾げた。

「あら、アルファン様。アルファン様は現役軍人でいらっしゃいますでしょう？　そんな方が、小娘二人ごとき相手にそのようなことを仰《おっしゃ》られるのですか？」

「うぐっ……」

嫌みをお見舞いしてやれば、アゼレアも嬉々として乗ってくれる。

「本当ですわ、アルファン様。わたくしごとき増えたところで、どうともなりませんわ。……それとも、アルファン様はご自身がお負けになるとお思いですの？」

「う……わ、分かりました、分かりましたよ……」

アゼレアの後押しもあり、ルミナリエはフランシスを言葉で負かすことができた。久々の多福感に内心拳を握り締める。

（まぁ実際のところは、私がアルファン様をボコボコにしたかっただけだけれどね！）

アゼレアがいれば、フランシスを再起不能にすることが可能だろう。

（アゼレア様に、アルファン様を倒す話を持ちかけて良かった！）

どうやらアゼレアは、魔術が使えるなら相手は選ばないようだ。どれだけ憂さがたまっているのだろう。恐ろしい。

ちなみに見物人として、リタとヴィクトール、エルヴェがいる。

リタはペンと紙を持ち、目をキラキラさせてこちらを見ていた。

「お二人とも、頑張ってくださーい！　アルファン様に勝ってくださーい！　ボッコボコにしちゃってくださーい！」

ひどい言いようである。

リタが楽しそうなので、ルミナリエから言うことは特に何もないが。

（それに、ボッコボコにするのは決定事項だもの！）

自身の愛剣で素振りをしていると、フランシスが見物人側に向かって声を上げている。

「あの、ヴィクトール様……やっぱり一人は心許無いといいますか……！」

「何を言っているんだフランシス。それにお前への罰なのだから、わたしがお前に加勢するわけないだろう」

「ですよねー……じゃあ、エルヴェは……」

「オレもパース。だって怖いもん」

「……恨んでやる……」

「なんでオレだけ恨まれなきゃいけないの⁉　一緒に事件解決のために頑張った仲じゃん！」

何やらぎゃんぎゃん言っているが、ルミナリエの準備運動が終わったのでそろそろ始めたい。

「あの、アルファン様。そろそろ始めても？」

「うぐ……はい……」

「ではエルヴェ様、審判をよろしくお願いいたします」

「はーい」

エルヴェがゆったりした調子で手を挙げ、言う。

「今回の決闘は、どちらか片方の膝を折ったほうが勝ち～。じゃあ……勝負、開始！」

そんな気の抜ける開始の合図で、決闘が始まった。

「顕現《けんげん》せよ、荒くれた土塊《テール・ブーペ》」

それと同時に、フランシスが土でできた簡易な人型大人形を作る。

中級の土属性魔術だ。使用者が与えた指示を一つだけ聞くことができるという単純な人形である。

ただいかんせん数が多い。十以上いるあたり、フランシスの保有魔力量の多さが窺えた。彼らは動きこそ遅いが、ゆっくりとこちらに向かってくる。

しかしこちらだって一人ではない。

その相棒であるアゼレアは、瞳をキラッキラと輝かせていた。

「これ、全部壊していいんですのっ？」

「もちろんです」

「ではでは、失礼いたしまして……」

アゼレアはスカートの端を持ち上げ頭を下げてから、にっこり一言。

「まとめて食べてしまいなさい、悪食蜥蜴《サラマンドル》」

呪文と同時に、一匹の蜥蜴《とかげ》が現れる。

しかしそれは蜥蜴と言える大きさではなく。優に三メートルほどある、ルビーのような鱗《うろこ》を持った竜のような生き物だった。

「わぁ。召喚獣ではありませんの」

「うふふ、そうなんですのよ。わたくしの相棒ですわ」

召喚獣というのは、召喚士と呼ばれる魔術師が喚び出せる特殊な幻想生物のことだ。使役したものを召喚獣、それ以外の幻想生物は魔獣と分類される。

彼らはこの世界ではない場所におり、時折開く門からやってきてしまうと言われていた。ヴィクトールが契約している竜も、ここからくるという。

そんな幻想生物なので、使役するのは大変なのだ。それを使役したということは、アゼレアにはそっちの才能があるということになる。かなり珍しい才能だ。

なので国的にも、貴族女性が戦える環境を作るのは良かったのではないだろうか。

（アゼレア様と戦うの、私じゃなくてよかったわ）

戦ってみたい気持ちはあるが、ルミナリエの属性は氷だ。氷と火では相性が悪い。

そのため、ルミナリエはフランシスに感謝した。

（ふはは、ざまあみなさい！）

ルミナリエが心中で高笑いをしていると、アゼレアが手を突き出す。

「さあ、悪食蜥蜴《サラマンドル》。蹴散らしなさい」

指示を受けた悪食蜥蜴《サラマンドル》は、その尻尾《しっぽ》を振り回し土人形をなぎ倒す。

パーン！　と、土人形が面白いくらいポンポン飛んでいった。

(今更だけれど、これ私必要かしら)

アゼレアだけでなんとかできてしまう程度に、悪食蜥蜴《サラマンドル》は強い。

むしろルミナリエがそばでちょろちょろしていたら、巻き込まれそうな気がした。幻想生物の強さを改めて実感した瞬間だった。

そうやって、悪食蜥蜴《サラマンドル》が尻尾を振り回していたとき。

「あ」

「え」

パーン！

悪食蜥蜴《サラマンドル》が、土人形だけでなくフランシスまでも吹き飛ばした。

それにより、フランシスが強《したた》かに体を打ち床に倒れ込む。

それを見ていた全員が、一斉に沈黙した。

一番初めに口を開いたのは、エルヴェである。

「え、これ、決着でいいの？」

それが全員の総意だ。

しかしそれに、ヴィクトールが冷たく言い放つ。

「やり直しだろう」

「ヴィクトール様、僕に対して最近冷たくありません⁉」

床に転がされたフランシスの抗議虚しく、決闘はやり直しとなった。

――ちなみに決闘の勝敗はもちろん、ルミナリエとアゼレアが勝った。

そしてフランシスは、文句を言いながらエルヴェの治療を受けるという結末になった。

*

決闘から数日後。

ルミナリエは遠出用の動きやすいドレスを着て、馬車に揺られていた。

もちろん一人ではない、侍女のレレリラも一緒だ。

しかしもう一人、馬車に乗っている。

それは――

「……あ、の。ルミナリエ、さま。あたしはどうして、一緒に馬車に乗っているのですか……？」

白髪白目をした少女――デジレ・ツァントである。

彼女は車内のソファに腰掛けつつも、かなり縮こまった様子だった。

（ヴィクトール様との婚約発表をした後から、この調子なのよね……）

どうやら王太子の婚約者という立場が、デジレを萎縮させてしまっているらしい。もしくは、ルミナリエがすっかり有名人になったからだろうか。

（どっちもかもしれないわね……）

新聞でも大々的に報道されていたし、町中などでは民衆たちが大騒ぎだ。貴族たちからの感触はそこまで良くないものの、王都民たちからしてみたらルミナリエは救世主。物語の中から出てきた主人公のように見えるらしい。

特に、戦う令嬢というのが国民の心を揺さぶったようだ。

お蔭様で、ルミナリエの人気はうなぎのぼり。そんなルミナリエを婚約者にしたヴィクトールへの好感度は上がった。もともと人気だった王太子人気がさらに上がるというのは、嬉しい誤算というやつだろう。

その代わり、デジレとの距離が開くというなんとも言えない展開になっている。

（タウンハウスで一緒に生活して、少し近づけたと思ったのだけれど……）

実際、デジレはだいぶベルナフィス家での生活に馴染んでいた。名前を呼び捨てにしても嬉しそうに駆け寄ってくるくらいには、仲良くなっていたのに。

これからのことを思い心配になりつつも、ルミナリエは答える。

「内緒。着いたら分かるわ」

それっきり口をつぐめば、デジレも黙る。

肩をすぼめて馬車の端に寄るその姿を見て、ルミナリエはこっそり肩を落とすのだった。

それからしばらく馬車は走り——止まる。

御者がドアを開けてくれ、ルミナリエたちは馬車から降りた。

風がふわりと吹き、ルミナリエの銀髪をさらっていく。

目の前には、見渡す限りの原っぱが広がっていた。

ちらほらと野花も咲いており、緑とのコントラストが綺麗だ。今日は晴天だったため、ちょうど良い行楽日和《びより》である。

「……綺麗なところね、ビザリア平原って」

——そう。今回来た場所は、ビザリア平原だった。

ルミナリエの呟きを拾ったデジレが首を傾げる。

「用があるのは、ビザリア平原なのですか……？」

「そうよ。でも用があるのは、もう少し先なの」

御者に少し待つように伝えてから、ルミナリエは日傘を差して原っぱを歩く。その後ろにレレリラに急かされたデジレが続き、最後尾にレレリラがついていった。

ルミナリエはポケットから取り出した地図を眺める。

（うーん？　この地図、見にくい……）

エルヴェが描いたらしい。

（彼はもっと、地図の描き方を習うべきね……）

そんなことを思いながら、ルミナリエは目的地に向けて歩いていった。

するとデジレが痺れを切らし、少し強い口調で聞いてくる。

「……あ、の、ルミナリエさま……どうしてあたしを、こんな場所に……っ」

「……あ、着いたわ。ここ。ここに用があったのよ」

「え？　………………あ……」

困惑げに声をあげたデジレが、ぽかーんと口を開けたまま目を見開く。

そこには——紫色の花畑が広がっていた。

「これ……全部、スミレの花？」

「ええ、そう。ここ、毎年春になるとスミレが咲くことで有名なスポットなんですって。そしてね……ここに、ヨアンさんは大切な証拠品の入った箱を隠していたの」

そう。あの暗号に記されていた『ファイルヒェン』には、もう一つの意味があったのだ。それに気づいたのはフランシスだった。

『ファイルヒェンは、すみれという意味ですよね？　……そういえばビザリア平原には、すみれの群生地があったはず』

婚約発表パーティー当日。その可能性に辿り着いたフランシスたちはスミレの群生地を探したのだ。そこで見事箱を見つけ出した、というわけである。

ファイルヒェンがベーレント帝国の言語だという点といい、それ以外の件といい。ヨアンは各所にヒントをちりばめるのが好きだったようだ。いや、ある意味、用心深いとも言えるかもしれない。

「……ヨアン、が？」

「そうよ。私、ここにデジレを連れてきたかったの。きっとそれを、ヨアンさんも望んでいたと思うから」

ルミナリエはポケットから、あるものを取り出した。

それは小さな木箱だ。それをそっとデジレに差し出すと、彼女は恐る恐る箱を開ける。

中には、メッセージカードと銀色の指輪があった。

しかしただの指輪ではない。少し歪《いびつ》なすみれの花が彫られた指輪だった。

メッセージカードには一言。

『デジレ、愛してる』

そう綴《つづ》られていて。

それだけあれば、誰が書いたものなのか一目で分かるだろう。

「こ、れ……ヨアン、が?」

「そうみたい。調べてみたらその指輪、自分で彫ったのですって。……すみれの花には、何か意味があるの?」

デジレは少しの間、指輪をじっと見つめていた。

しばらくして、唇を震わせながら呟く。

「あたし……すみれの花が咲く頃に、生まれたんです。それにすみれは……私が一番好きな、花、だか、らっ……」

デジレは指輪を持ったままその場に崩れ落ち、ぼろぼろと涙をこぼし始めた。

ルミナリエはそんなデジレと目線が合うように、両膝をつく。そしてそっと日傘をかざした。

「ねえ、デジレ。一つ、提案したいことがあるのだけれど。……あなた、私たちと一緒にベルナフィス領に来ない？」

「……え？」

「ベルナフィス領には、私と同じ銀髪をした人が多いの。そこでだったらあなたの白髪も目立たないし、メイドとして働いてもらうこともできるわ。お父様もお母様も、あなたが望むのであれば雇うと言ってくれてる」

「そん、な。そんなことまで、してもらうわけには……」

「……だったら、ここで一人静かに暮らすの？　ヨアンさんもいないのに、ビクビク怯えながら？」

「っ！」

ルミナリエがそう言うと、デジレは肩を震わせながら俯く。

それでも何か言おうとしたとき、レレリラが片手で制してきた。

「レレリラ？」

「ルミナリエ様。ルミナリエ様が彼女に言葉をかけると、それは慰めになってしまいます。それは彼女にも良くないでしょう。ここはわたしが」

「……分かったわ」

レレリラの目があまりにも真剣だったので、ルミナリエは下がって様子を見守ることにした。

瞬間、レレリラがデジレの頬を叩く。

（えっ⁉）

あのレレリラが。

周囲からも割と穏やかだと言われているレレリラがまさか、デジレの頬を叩くなんて。

ルミナリエは思わず呆然とする。

すると、同じく状況が整理できないデジレが目を丸くしてレレリラを見つめていた。

レレリラは鋭く言い放つ。

「わたしはルミナリエ様と違って貴族ではないですから、容赦なく言わせていただきます。ヨアンさんがいなくなった今、あなたに手を差し伸べてくれるのはベルナフィス家の方くらいです。それは分かっていますね？」

「は、はい……」

「それが分かっているのなら、なぜ躊躇《ためら》うのですか。なぜヨアンさんの想いを知りながらも、生きるために足掻《あが》こうとしないのです！」

「……あ……」

レレリラはデジレの両頬を両手で包み、無理矢理上を向かせた。

「ヨアンさんはあなたに生きて欲しかった！　だからあんな無茶をした！」

そう。無茶、だったのだろう。

「にもかかわらずあなたはヨアンさんに寄りかかったまま、彼の後を追うのですか？　本当にそれでいいと⁉」

「……い、や。それは、いや……！」

「なら、なら立ち上がりなさい。たとえ病気が治らなかったとしても生きられるように、生きるすべを身につけるのです。そしてそれは、ベルナフィス領でならできます……！」

デジレの頬から手を離したレレリラは、彼女に向けて手を差し出した。

「さあ、生きるか死ぬか、選びなさい。生きてヨアンさんのとなりに立つのに相応《ふさわ》しい女になるか。死んでヨアンさんに顔向けなんてできないくらい惨めな女に成り下がるか！」

「ッッッッ‼」

デジレは大粒な涙を流しながら。

片手で強く指輪を握り締めながら。

それでも――レレリラの手を取った。

レレリラは不敵な笑みを浮かべつつ、デジレを引っ張り上げる。

「よく手を伸ばしました」

「……はいっ」

「これでヨアンさんも、安心できますね。思い残すこともうないでしょう」

そう言いながら、レレリラは優しくデジレの頭を撫でている。

一連のやり取りを眺めていたルミナリエは、自身の侍女の新たな側面を見て感心していた。

（やだレレリラ、かっこいいわ……）

確かにここまで言うことができるのはレレリラだ。なおかつそれが慰めや施しにならない立場にいるのは、レレリラだけかもしれない。ルミナリエはそこまで言えないから。

瞬間、ぶわりと風が吹く。その風が髪だけでなくすみれの花びらを巻き上げ、高く高く飛んでいった。

すると、デジレがぽつりと呟く。

「ヨアン……？」

見ればデジレは、花畑の向こう側を見つめていた。

ルミナリエもそちらを見てみたが、何もいない。思わず首を傾げる。

「どうかした？　デジレ」

「……いえ、なんでもありません、ルミナリエさま」

そう言うデジレの顔に、怯えはない。

彼女は、以前よりも華やかに笑っていた。

——それからデジレ・ツァントは、ベルナフィス家のメイドとして働くことになったのである。

＊

——それから数日して。

ルミナリエは、荷造りをしていた。

王太子妃選びも婚約発表も無事終わったし、王都での用事はもうなくなってしまったからだ。

それにベルナフィス領では、春になると魔物が多く現れる。それを退治するのも、領主一家の仕事のうちだ。

そう思いながら、レレリラと一緒に持ち帰るドレスを選んでいたとき。キラリと何かが光った。

それは、自身の左手の薬指にはまっていた指輪である。

その輝きに少しだけ嬉しくなるのと同時に、胸に苦いものがこみ上げてきた。

（ヴィクトール様と、会えていないのよね……）

ヴィクトールと婚約発表後に顔を合わせたのは、フランシスとの決闘のときだけだった。その後手紙のやり取りはしていたが、どうやら寝る間もないくらい忙しいらしい。会う時間を取るのは無理だったようだ。

ルミナリエも自領に帰ることになっているし、一ヶ月以上は会えないことになる。それがなんだか寂しくて、ルミナリエは左手をかざしてゆらゆらと揺らした。

はめ込まれたダイヤモンドがキラキラと輝く。

手を下ろしながら、ルミナリエははあ、とため息を漏らした。

「ルミナリエ様はやはり、殿下にお会いになりたいのですね」

「……え、何、レレリラ。私、何か言ったかしら」

「いえ、何も。一言も言っておりません。ですがそのような行動をなされているので、会えないことを気にしていらっしゃるのだなと思いまして」

「うっ……」

どうやら一連の動きで、レレリラはすべてを悟ったようだ。さすが長年一緒にいる侍女である。

ルミナリエは苦笑いをしながら、左手を握り締めた。

「もちろん、気にしてるわ。会いたいとも思ってる。でも殿下はお忙しそうで……会いたいなんて言える雰囲気ではないのだもの」

（うん、会いたい。会いたいわ。でも……）

「それにこれ以上を求めるのは、なんだかいけない気がして」

「いけない、とは？」

「……だってあれだけのことをしてもらって、あんなに素敵な求婚もしてもらったのよ？　なのにたった数日だけ会えないくらいで『会いたい』なんて言うのは、ワガママだわ」

「ワガママですか」

「ええ。私、ヴィクトール様を私のワガママで振り回したくない。軽蔑されたくない、嫌われたくないの」

「ルミナリエ様がそう仰られるのであれば、わたしは関与しません。ですが……王太子殿下は別にその程度で、ルミナリエ様を嫌うとは思えませんけれどね」

ルミナリエは口を一文字に結んだ。

（分かってるわ、そんなこと）

ヴィクトールがそんなことで嫌うことはないことなど、分かっている。

だけどそれ以上に、休んで欲しかった。その時間を削ってまで会いに行こうとは、どうしても思えない。

そんな気持ちを押し込めるように、ルミナリエはカバンにドレスをぎゅうぎゅうと詰め込む。

だけれどどうしても気になってしまい、ヴィクトールに手紙を送った。帰ることを報告するついでに、「ちゃんと休んでくださいね」と労《いたわ》りの言葉も綴《つづ》っておく。

――そして翌日の早朝、ルミナリエたちは馬車を使って、ベルナフィス領への道を進んでいったのだ。

＊

父・シャルスのために大量の酔い止め魔術薬を買い込んだおかげか、帰路は割とスムーズに進むことができた。

お蔭で今、ルミナリエはベルナフィス領に帰ってきている。

しかし帰ってきて早々魔物狩りに精を出していたら、周囲の人間に止められてしまった。

数日間休みなさいと、ミリーナに厳命される。

だからルミナリエは、ベルナフィス領で一番お気に入りの場所に来ていた。

「……今年も、とっても綺麗に咲いたのね」

透け始めた六花《りっか》の花畑に座りながら、ルミナリエは呟いた。

そこは、ベルナフィス家所有の城から少し離れた場所にあるプリュテの花畑だ。一面を真っ白に染める花は、夏の訪れを感じ透明に透け始めていた。

(プリュテの花、やっぱり大好きだわ)

だが気晴らしに来たのに、思い出してしまう。

『この香りか。ならきっと、とても美しいのだろうな。わたしも見てみたい』

ヴィクトールがそう語ってくれた日のことを。

『……だってこの香りは、ベルナフィス嬢の香りだろう?』

そう目を丸くした日のことを。

『わたしの記憶が正しければ、あなたからはいつもこの香りがしていたと思うのだが。……違ったか?』

『なら、好きな香りだ』

(……そう。あれが、初めて天然発言をした日だった)

必死になってヴィクトールのことを思い出さないようにしていたのに。こうして、ちょっとしたことで思い出してしまうのだ。

(それが嫌だったから……体を動かしていたのに)

自分の目からぽろぽろと涙が溢れる。

会えないだけでここまで悲しくなるなんて、思ってもみなかった。

プリュテの甘い香りに包まれながら、ルミナリエは膝を抱えてうずくまる。

(……会いたい)

「私は会いたいのです、ヴィクトール様……っ」

そう、呟いたとき。

ぶわり。

一陣の風が吹いた。

プリュテの花が舞い上がり、香りが一気に広がる。

だけれど、おかしい。まだ夏になっていないのに。

そう思ったルミナリエが顔を上げたとき。

視界に、信じられないものが映った。

目をこすり、再度空を見る。

しかし見間違いではない。

――黒竜が、青く抜けるような空を滑るように飛んでいた。

その竜には見覚えがある。

(ジャードノスチ……!?)

ジャードノスチはヴィクトールの契約竜だ。

そしてそんな竜を扱えるのは、この世でただ一人。

黒竜は滑るように花畑すれすれを駆ける。そして花びらを舞い上げながら、優雅に着地した。

ルミナリエは声を上げることができず、ただただ座り込む。

何が起きているのか分からなかった。もしかしたらこれは、ルミナリエが見ている夢なのではないだろうか。

「ルミナリエ」

（そう、そうよ……じゃなかったら）

――目の前に、愛しい人がいるはずがないのだから。

ずっと聞きたかった声が、する。

ぼんやりとしながら顔を上げれば、そこには――ヴィクトールがいた。

「ヴィクトール、様、？」

目を瞬き、首を傾げる。

するとヴィクトールはとろけるような顔をして。

「ルミナリエ。……会いたかった」

そう、言った。

確かに、そう言ったのだ。

（……よくできた夢だわ）

試しに頬をつねってみたら、とても痛かった。

そこでようやくじわじわと、これが現実だということを自覚し始める。

ルミナリエは、唇を戦慄《わなな》かせた。

「どうし、て……どうして、ここにいらっしゃるのですか……？」

するとヴィクトールが照れたように頬を掻く。

「会いたくて……休暇を使ってきてしまった」

その言葉を聞き、色々な感情が浮かんでは混ざる。

涙が出そうになるのを隠したくて、ルミナリエは早口で言う。

「っ、そういうときは、ちゃんと休むべきです、ヴィクトール様……」

「そうなんだろうが……」

（ああ、可愛くない。可愛くないわ……）

自分も会いたかったと、素直に口にできない。

自分でも思う。全く可愛くない女だと。

ルミナリエは俯きながら叫んだ。

「それにジャードノスチに乗ってくるだなんて。怒られてしまいますわっ」

「怒られるな、多分」

「そんな、簡単に言って……！」

「う……すまない。今まで一度もジャードノスチを個人的な感情で使おうと思ったことはなかったんだ。……でも今回は、耐えられなくて」

「っ！」

「とにかく、ルミナリエに会いたかった。だから、会えて嬉しい」

思わず顔を上げてしまう。

見上げたヴィクトールは、溢れんばかりの笑みを浮かべていた。

「それに想像通り、プリュテとは綺麗な花なのだな。この花が、以前言っていた花だろう？」

楽しそうに笑いながら、ヴィクトールはルミナリエの前に膝をついた。そして、プリュテの花を一輪手折《たお》り髪に飾ってくれる。

「ああ、やっぱり。――これは、あなたの花だな」

きゅう、とルミナリエの胸が苦しくなる。

（どうして、そんな顔するの……）

恥ずかしさと嬉しさがごちゃ混ぜになり、わけが分からない。

ルミナリエはむくれた。むくれて、ヴィクトールの胸を叩く。

「……私が、会うのを我慢していたのに……。ワガママ言って嫌われたくないって思ってたのに、なのに。……どうしてヴィクトール様は、そんなに簡単に会いに来てくださるのです」

「……ルミナリエ」

「ずるいですわ、そんなの。ずるいです、ずるいっ」

叩く、叩く、叩く。

そうやっていつも、ルミナリエの心を揺れ動かすところが。

悔しくて、嬉しくて、愛おしくてたまらない。

そしてとうとう、ルミナリエの目から涙がこぼれた。

そんなルミナリエの涙を、ヴィクトールは指先で拭ってくれる。

「なら、ルミナリエもずるいな」

「……何故ですか」

「そんなに可愛いことを言って、俺を喜ばせるから」

思わず顔を上げれば、両頬を両手で押さえられ固定されてしまう。

しまった、と思ったときにはもう遅かった。逃げられない。

「本当に可愛い」

「ひゃっ⁉　そ、そんなこと……っ」

「可愛いよ。俺がそんなことであなたを嫌うわけないのに、臆病になってしまうあなたが愛おしくて仕方ない」

甘い甘い、とろけるほど甘い笑みと甘い声音でそう言われ、背筋がゾクゾクする。

恥ずかしさのせいで、涙が引っ込んだ。口をパクパクさせたまま言葉をなくしていると、ヴィクトールが妖しげに笑った。

「俺は、あなたよりももっとすごいことを考えているぞ？　たとえば……もっとあなたに触れたい、とか」

「ひゃっ⁉」

「抱き締めたい、とか」

「ちょっ、ヴィクトール様っ」

「あなたに、キスしたい、とか」

髪の毛や顔の輪郭をなぞるように、ヴィクトールが手を動かす。そして最後に、ルミナリエの唇を親指でなぞった。その動作に、また背筋が震える。

びくりと肩を震わせたルミナリエに対し、ヴィクトールが首を傾げた。

「ルミナリエ。あなたは俺のそんなワガママを聞いて、俺のことが嫌いになるか？」

まるで年端もいかない子どもがするかのような、あどけない問いかけだった。

ルミナリエは少しだけ考え、首を横に振る。

「まさか、そんなことありません」

「俺も同じだ。だからルミナリエには、たくさんワガママを言って欲しい」

ワガママ。

言ってもいいのだろうか。

ルミナリエはきゅうっと唇をひき結んでいたが、意を決したというように口を開く。

「……なら。なら、ぎゅっとしてください」

「喜んで」

ぎゅっと、ヴィクトールが抱き締めてくれる。彼の熱や鼓動が伝わってきて、不思議と落ち着いた。

そのせいか、思わず本音が溢れる。

「……会えなくて、寂しかった、だから、会えて嬉しいです、ヴィクトール様……っ」

するとヴィクトールが、抱き締める力を強めた。

ぽそりと、耳元で囁いてくる。

「じゃあルミナリエ。俺もワガママを言っても構わないか？」

「……なんでしょう？」

「俺のこと、できればヴィーと呼んでほしい。なんだか、特別な感じがする」

「……もちろんですわ、ヴィー」

そして今度は、顔を見合わせて。

「じゃあもう一つ」

「多くありません？」

「すまない、ワガママなんだ。特にルミナリエと一緒にいると、欲張りになる。ダメか？」

「……そんなことありませんけど。どうぞ仰《おっしゃ》ってください」

こほんと、ヴィクトールが咳払いを一つ。

「……キスしてもいいか？」

ルミナリエの顔に朱が散った。

だけれど。

（私も……したい）

しかしそれを口にすることはできず、こくりと一度頷いた。

すると、唇に柔らかい感触が落ちてくる。

キスがこんなにも甘いものだということを、ルミナリエはそのとき初めて知った。

甘くて甘くて、胸がいっぱいになる。

ほんと一瞬だったのにこんなにも満ち足りるなんて、思わなかった。

するとヴィクトールが、両手に指を絡めながらその手を胸元にまで持っていく。そしてこつんと額と額を合わせて言った。

「……今度王都に来るときは言ってくれ。必ず迎えに行くから」

ルミナリエは花のような笑みを浮かべ――強く頷いた。

「待っています。私、待っていますわ――ヴィー」

そう言う二人の左手には同じ指輪がはめられており。

それが、太陽の光を浴びて強く強くきらめく。

そんな二人を祝福するように。

羽根のような花びらが、高く高く舞い上がった――

おてんば辺境伯令嬢は、王太子殿下の妃に選ばれてしまったようです

＊本作は「小説家になろう」（https://syosetu.com/）に掲載されていた作品を、大幅に加筆修正したものとなります。
＊この作品はフィクションです。実在の人物・団体・事件・地名・名称等とは一切関係ありません。

2019年8月20日　第一刷発行

著者 ……… しきみ彰

イラスト ……… 村上ゆいち
発行者 ……… 辻 政英
発行所 ……… 株式会社フロンティアワークス
〒170-0013　東京都豊島区東池袋3-22-17
東池袋セントラルプレイス5F
営業　TEL 03-5957-1030　FAX 03-5957-1533
アリアンローズ編集部公式サイト　http://arianrose.jp
編集 ……… 望月 充・渡辺悠人
フォーマットデザイン ……… ウエダデザイン室
装丁デザイン ……… 伸童舎
印刷所 ……… シナノ書籍印刷株式会社